Los años marchitos

COLECCION SEPTIMO DIA

Rafael Menjívar Ochoa

Los años marchitos

EDITORIAL UNIVERSITARIA CENTROAMERICANA

Primera Edición
EDUCA, Centroamérica, 1990

Edición: Alfredo Aguilar

863
M545a   Menjívar Ochoa, Rafael.
           Los años marchitos / Rafael Menjívar Ochoa.-
        1. ed. -- San José, C.R.: EDUCA, 1991.

        p. 128
        ISBN 9977-30-169-7

        1. Literatura salvadoreña. 2. Novela salvadoreña.
        I. Título

© EDITORIAL UNIVERSITARIA CENTROAMERICANA

Organismo de la Confederación Universitaria Centroamericana CSUCA, integrada por Universidad de San carlos de Guatemala, Universidad nacional Autónoma de Honduras, Universidad de El Salvador, Universidad Nacional Autónoma de Nicaragua, Universidad Nacional de Costa Rica, Universidad de Costa Rica, Universidad Nacional de Panamá.

Apartado 64, 2060, San José, Costa Rica.

ACTA DEL JURADO

Los firmantes, miembros del Jurado de novela, **Certamen Valle Inclán** (Convocatoria 1990), reunidos en San José, a las 9 horas del día martes 10 de abril de 1990, luego de una amplia deliberación hemos arribado al siguiente fallo:

Considerando que

las tres obras finalistas muestran una calidad estética similar, con excelente manejo de las técnicas experimentales junto a una percepción crítica de la realidad latinoamericana

Acordamos

1) Otorgar el primer premio a la novela titulada **Los años marchitos** presentada con el seudónimo *Alux Nahual*, que corresponde al escritor salvadoreño Rafael Menjívar Ochoa por su lenguaje depurado en la denuncia de la manipulación ideológica que sufren las sociedades latinoamericanas.

2) Otorgar menciones honoríficas a las novelas que a continuación se señalan: **El emperador tertuliano y la legión de los superlimpios** que bajo el seudónimo *Celacanto*, presenta Rodolfo Arias Formoso, costarri-

cense, por el uso original de las hablas populares de Costa Rica y la aguda observación del medio burocrático nacional y a **Salvamuerte (sucesos del amor y de una guerrita)**, que bajo el seudónimo de *Rigoberto Jaime*, envía David Hernández, salvadoreño, por la asimilación de la tradición novelística sobre el tema y el tratamiento poético del exilio.

Alicia Miranda Hevia   **Seidy Araya Solano**

Mario Roberto Morales

A Luz María, siempre

Capítulo 1.

Vuelve por septiembre -dijo el calvo mientras hurgaba en un cajón de su escritorio-. Te prometo un buen papel.

-Es mucho tiempo -le insistí. El se miró el dorso de las manos, de seguro pensando en otra cosa.

-Están suspendidas las grabaciones -susurró como una grabación, y volvió a buscar en el cajón.

-Estábamos apenas en abril y, si acaso, me quedaba dinero para pagar la renta del cuarto y comer poco menos de un mes. El día anterior habían terminado las grabaciones y había recibido mi último cheque, más los setenta pesos de la compensación engrapados a una nota de felicitación del director. Un total de doscientos veinticinco pesos para sobrevivir hasta septiembre.

-Perdóname, pero no alcanzó el presupuesto -dijo el calvo al ver que no me movía. Del escritorio había sacado un estuche para uñas de un rojo ofensivo. Miró el interior durante unos instantes y se decidió por un instrumento que recordaba un bisturí.

11

—Compraron una grabación venezolana —lo acusé—. ¿Qué tienen de bueno los venezolanos?

El calvo se encogió de hombros. Se escarbaba una uña como si ni siquiera eso le importara. Tenía las uñas cortadas de forma irregular, como a cuchillo, pero siempre más limpias que las de una monja de clausura.

—Los venezolanos las mandan grabadas y son más baratas.

Ven en septiembre.

Grité un insulto y el calvo dio un respingo; nunca le había alzado la voz. Se me quedó viendo con terror, más que si hubieran disparado un cañón junto a su oreja. Eso duró dos segundos; después volvió a su cara de aburrimiento. Se pasó la lengua por el borde de la uña que acababa de limpiarse y me miró con la única sonrisa que le hubiera visto.

—No tienes nada de aquí a septiembre.

—No.

Se encogió nuevamente de hombros y volvió a pasar la lengua por el canto de la uña. Se divertía.

—Tu voz no es buena para comerciales —me compadeció—. Te conocen demasiado. Eres el villano de los radioteatros, y eso no vende. Si haces un anuncio de la Coca-Cola, quiebra la Coca-Cola. Así es esto.

Ya no tenía ganas de oírlo. Su voz era gelatinosa y se me metía por los oídos como caracol sin caparazón. Realmente asqueroso. El estómago se me había revuelto y me di cuenta de que los hombros se me alzaban sin que pudiera evitarlo. Otra vez los nudos en la espalda, que no me dejarían dormir bien esa noche ni quién sabía cuántas. Sólo llorando se pueden deshacer los nudos de la espalda, o con una inyección intravenosa, o con un masaje de mujer.

La secretaria entró y el calvo la vio como a cosa de otro planeta; ella le sonrió con uan sonrisa gélidamente profesional. Le puso enfrente un papel mecanografiado, que él firmó sin leer. La muchacha salió moviendo las caderas apenas lo necesario, con la mirada del calvo clavada en su nuca.

-Es nueva -me explicó cuando ella cerró la puerta-. Parece que tiene algo que ver con el secretario general del sindicato. No creo que dure mucho.

Salí sin despedirme.

En el café de la esquina estaba Guadalupe Frejas, inmensa como una bola gigante de helado de fresa. Tendría unos cincuenta años, pero aparentaba la mitad; la grasa debajo de la piel no la dejaba envejecer. Tenía cara de bebé y sudaba casi tanto como un geiser, pero sin violencia; todo en ella era ternura. Y su voz. Era la más tersa e ingenua que hubiera pasado por cualquier emisora, la más limpia, con un registro no demasiado amplio, pero si de una expresividad sorprendente. Sin embargo a veces, a la mitad de una plática, la voz se le cortaba y parecía sufrir un ataque de asma y que moriría en medio de convulsiones espantosas. Pero frente al micrófono tenía la mejor voz del planeta. Frente al micrófono podía hablar durante horas y siglos sin temor a los ataques. Resplandecía. Yo estaba siempre a su lado, a su izquierda, y puedo jurar que resplandecía.

Guadalupe Frejas era la heroína de los radioteatros de mayor rating de los últimos veinticinco años. En el que habíamos terminado el día anterior yo era, como siempre, el villano que trataba de poseerla. En la novena o décima semana de transmisión la hice secuestrar por una pandilla de cuatreros para violarla. Por suerte no fue necesario: Edmundo Nazario, el primer actor, la rescató en el último momento, después de una cruenta lucha, que le costó tres o cuatro heridas que pudieron ser peores. No sé qué hubiera hecho montado en ella, la inmensa, ahogado por su sudor eterno y por sus accesos de asma. Sin embargo tenía una sonrisa que deshacía de gusto.

-Tómate un café -me dijo y le dio una mordida llena de candor a su hamburguesa, de las que comía por millares.

El mesero de siempre llegó con una taza y con la jarra de café antes de que le pidiéramos nada. Me sirvió como si jamás en la vida me hubiese visto.

-¿Supiste? -dijo Guadalupe-. Compraron una venezolana.

La miré a los ojos y ella hizo un puchero. Me encantaba. -Dicen que las venezolanas hacen subir el rating -siguió-, pero en realidad el viejo se ahorra la mitad y ya sabes a dónde va a dar el dinero -lanzó una carcajada que estuvo a punto de hacerme sentir bien-. Aunque no sé cómo esa muchacha pueda tener al viejo encima. Yo no podría -y otro trozo de hamburguesa pasó delicadamente por su esófago.

Dos muchachos miraban a otro jugar al pin-ball, junto a la entrada del café. Sonaban muchas campanitas dentro de la máquina. Los muchachos se mecían de un lado a otro, siguiendo los movimientos de la bolita con las manos sobre los costados de la máquina. El que jugaba tenía la expresión de lujuriosa que, imaginé, tendría mi último personaje antes de la fallida violación de Guadalupe Frejas.

-No le muevan, cabrones -gritó con desesperación el de la cara lujuriosa-, me van a hacer perder -y los otros se aferraron con más fuerza a la máquina y redoblaron el balanceo, acompañados por las campanitas.

-¿Te dieron algo? -preguntó Guadalupe desde atrás de la servilleta con la que se limpió la boca. Parecía realmente preocupada.

-No -contesté-. Hasta septiembre.

-¿Fuiste al sindicato?

-¿Para qué? ¿Para pegar estampillas en unas cartas que nadie va a mandar? Que se vayan al diablo. Prefiero morirme de hambre antes que besarle nada al secretario de la sección.

-Las cosas van a cambiar -susurró Guadalupe con sus ojos de colibrí-. Hay un movimiento fuerte.

Eso era para extrañar a cualquiera: Guadalupe nunca hablada de política. En general sus pláticas eran deliciosamente frívolas, pedazos de nada dichos con una voz maravillosa.

-¿Quién? --pregunté.

-Jiménez Fresedo -dijo el nombre con la adoración con la que pronunciaba el de Cary Grant.

-No hay nadie con ese nombre en el sindicato.

-Hablo del país, tonto -y sus manos de bebé me rozaron la mejilla; algo delicioso-. Heraclio Jiménez Fresedo, el del nuevo partido. El de las latas de conservas. La gente lo sigue.

-No leo los periódicos -. Además soy actor. No creo que me dé trabajo.

-Eres imposible --su tono ligero había vuelto; respiré con alivio--. Nunca te das cuenta de nada. Te apuesto que ni siquiera sabes quiénes son tus vecinos.

-Un señor que es abogado -contesté-. Se viste muy mal. Vive en la planta baja. Hay también una señora con su hija y un tipo lleno de pelo. Y la casera.

—Vete al diablo —sonrió. Luego miró con tristeza el plato vacío y jugó unos segundos con las migajas que quedaban de lo que fuera una hamburguesa de las robustas.

Los dos muchachos que flanqueaban al del pinball dieron un grito de triunfo que nos hizo saltar.

—Les dije, cabrones, que iba a perder. Ya casi llegaba al millón.

Guadalupe los señaló con el pulgar.

—Me encantan —dijo—. Siempre vienen a la misma hora y se gastan toneladas de monedas en su dichosa maquinita. Me gustan porque dicen lo que se les da la gana. No tienen que hacerle caso a un libretista al que no se le ocurre nada mejor que borrar de su vocabulario la mitad de las palabras, y eso que tiene un vocabulario pequeño.

Terminó la frase en un susurró; había sido demasiado larga y Guadalupe se puso pálida y comenzó a respirar por la boca con espasmos cortos y desesperados. El mesero, con porte de marqués, trajo un vaso de agua que colocó frente a ella y se retiró, despreciándonos como nunca.

Guadalupe se normalizó en un par de minutos, mientras yo no sabía qué hacer con mis ojos. No soportaba mirarla así, pero tampoco podía evitarlo. Ella tomó un trago pequeño y volvió a su sonrisa.

—Tienes que venir a oírlos —dijo por fin—. El viejo se atacaría si los pasaran al aire, pero te juro que se iba para arriba el auditorio.

—¿A quiénes?

—Te decía de los de la maquinita.

Las campanitas ya no se escuchaban; ni los gritos; los muchachos se habían ido durante el ataque de Guadalupe.

-¿Tú si tienes algo? --me atreví a preguntar, sabiendo que la respuesta me deprimiría.

-Comerciales —dijo, avergonzada--. Tres. Además quieren que sustituya a la del noticiero de las nueve; va a tener un bebé, y por cierto que le estoy tejiendo un trajecito. Lo malo es el horario; yo me duermo a las diez y... y...

Pareció que el ataque volvía, pero no pasó de un par de vahídos. Cada vez que le venía el asma o lo que fuera yo procuraba ver para otra parte, de cerrar los oídos para no sufrir su respiración. Suponía que para ella era vergonzoso que la viera así, desamparada dentro de su propio cuerpo. Miré hacia la barra. El mesero daba una mordida subrepticia a un sandwich que sacó de abajo de una servilleta; después lo escondió y volvió a su desprecio por todo lo humano.

-¿Por qué siempre parece que te acaban de apalear? —oí que preguntaba la voz de la heroína que el día anterior, por fin, había logrado casarse con Edmundo Nazario después de mi dramático suicidio.

Alcé los hombros y vi de nuevo el fondo de la taza. El café era verdoso; pensé en un cocido de algas.

-Por eso no has conseguido mujer -dijo Guadalupe-. A las mujeres no nos gustan los hombres con cara de apaleados. De indefensos sí, pero tú no pareces indefenso; pareces apaleado.

Los ojos de Guadalupe eran dulces, muy dulces, y muy oscuros. Hacían un bonito contraste con su tono de piel.

-Tienes buena voz -dijo-. Una vez tuve una pesadilla. Soñé que tú eras algo así como un dragón que echaba fuego por los ojos, y que me perseguías por un lugar que era una especie de cueva al aire libre, ya ves cómo es eso de los sueños. Lo que más miedo me daba era tu voz. No gritabas. Eran murmullos que rebotaban en las paredes y me golpeaban por todas partes. Eres un buen villano.

-Eso dícelo al calvo. Me paga treinta y cinco pesos por programa grabado, treinta descontando lo del sindicato. Los villanos de verdad ganan más.

-Lo que me gusta es como puedes hacer una voz tan diferente en cada novela. Es tu voz, pero parece que cada vez la dice una persona distinta. Yo creo que podrías hacer comerciales con sólo cambiarla un poco. Nadie sabría quién eres. De hecho, si no dijeran tu nombre al principio del programa, nadie se enteraría.

-Los de la publicidad no le dan trabajo a violadores de jovencitas.

-Gracias —dijo con coquetería—. Yo pago tu café.

Se levantó con la agilidad de los gordos y me lanzó un beso desde la caja registradora.

Cruzó la calle lentamente, como un buque de vapor en un manglar. Su gordura era casi dolorosa, vista de espaldas. De frente uno podía olvidarse de la papada, de los senos inconcebibles y de los brazos elefantiásicos que movía con tanta gracia. Pero de espaldas las personas son como realmente son, y Guadalupe Frejas era simplemente patética.

-La señora pagó —me reprochó el mesero.

-Tráigame más café —amenazó la voz del villano de un año atrás, cuando representé al capataz de una hacienda bananera.

El mesero no se inmutó.

-Yo dejo la propina —añadí, y en sus ojos el universo se volvió más asqueroso que nunca.

-Usted no entiende —se indignó. Pero trajo el café, y eso era lo único que yo esperaba de la vida.

Capítulo 2.

Hablo de Guadalupe Frejas porque esa fue la última vez que la vi. Murió tres semanas después. Tuvo uno de sus ataques mientras grababa un comercial de no sé qué jabón de tocador; dicen que sufrió. En la emisora aún deben guardar la cinta en la que se escucha su última respiración de cordero agitado, y el calvo me ofreció ponérmela en sesión privada un día que no sabía como hacerse el gracioso. Me negué. La muerte es un acto íntimo.

Sin embargo, la muerte de Guadalupe cayó del cielo para la emisora. Parece que la radionovela venezolana era un verdadero asco y que, además, las grabaciones se habían estropeado durante el viaje o alguien borró por accidente un par de docenas de capítulos. Así, pues, "el sensible fallecimiento de nuestra primera actriz" sirvió como pretexto para repetir *El último amor*, su gran éxito de veintitantos años atrás, cuando yo aún no pensaba en trabajar en radioteatros. Eso cerraba la posibilidad de que me dieran trabajo antes de febrero;

era una de las radionovelas más endiabladamente largas que se habían grabado en aquellos años.

Decidí que ese mes no pagaría la renta; significaba alargar por quince días más mis posibilidades de sobrevivencia. La casera me escuchaba por la radio y me tenía no sé qué de miedo repetuoso; era cordial conmigo, pero de seguro por las noches trancaba su puerta, que estaba en el mismo pasillo que la mía, y se deleitaba adivinando por cual resquicio me filtraría para estrangularla. Bien me esperaría un par de meses.

Visité cuatro estaciones y no conseguí nada. Cada una tenía su propio staff de actores protegidos por el sindicato. Había, además, suficientes villanos para hacer tres superproducciones de mafiosos sin que apareciera un sólo héroe. Estaba la televisión, que cada vez nos quitaba más auditorio, pero mi cara no les gustó y de eso no los culpo. Además, estaba la otra mafia sindical, que veía a los actores radiofónicos como el peor de los errores del pasado. Y ya era demasiado tarde para regresar al teatro.

Lo había intentado años atrás pero ocurría lo mismo que con los comerciales: era demasiado conocido como el villano de radionovelas y los directores fruncían la nariz apenas mencionaba mi nombre. "Vuelva en quince días", decían, y eso quería decir nunca. Logré, en una navidad, representar a don Luis Mejía en una versión cómica de Don Juan. La condición fue que utilizara la voz del villano de la novela que se transmitía en ese momento, y que tenía un rating altísimo gracias a Guadalupe Frejas. Pero fue inútil. Conocía desde la escuela el papel de Don Luis y sabía que la voz de mi villano no era su voz, imbécil de mí. Me resistí e hice lo que me pareció mejor. Me habían prometido el papel durante toda la temporada, pero apareció un cómico de moda. Me pagaron los tres días que actué, descontaron la cuota del sindicato, me dieron dos entradas y las gracias menos convincentes que he recibido.

Al principio, veinte años atrás, mis papeles de villano habían sido una especie de broma que, a la vez, me daba para comer. Por las noches mi hermana y yo reíamos a carcajadas escuchando mi voz en el aparato que compré con mi primera paga. Por ese entonces aún no trabajaba con Guadalupe Frejas; ella era la estrella, la que recibía miles de cartas de sus admiradoras y - decían - regalos caros de más de alguno; yo sólo era un novato en la hora de menor audiencia. Pero era maravilloso escuchar mis terribles amenazas y carcajadas que pretendían ser escalofriantes (de hecho hacían estremecerse a miles de amas de casa mientras preparaban la cena), contrapunteadas con los ayes de una heroína poco convincente y las frases tan faltas de humor del galán. Mis compañeros de generación enviaban toneladas de cartas a la emisora felicitándola por mis actuaciones, y quiero creer que gracias a ellos conseguí trabajar, un año después, con los mejores de la radio en *Flor de Pureza*. En ese entonces aún soñaba con ser actor dramático; ahora el café no me deja, a veces, ni siquiera dormir. Soñaba con ser el bufón de Lear, el personaje más fascinante que haya conocido. Quería ser Ricardo III y, a cambio, era el misterioso primo que asesina uno a uno a sus parientes para quedarse con la herencia. Fueron doce radionovelas antes de descubrir que yo, Ricardo III, sería el villano de la radio mientras la voz y el cuerpo me funcionaran. Cuando grabé el décimosexto radioteatro ya no me importaba. Me importaba comer. Me importaba tomar alguna cerveza los sábados. Me importaba ir al café y ver pasar el mundo a través de la vidriera, a veces disfrutando de la compañía y de la voz de Guadalupe Frejas, la mujer que quizá me espera. Me importaba pararme en las noches frente a la casa de mi hermana y, con un poco de suerte, oír las risas de sus hijos. Desde lo que ocurrió con su esposo supe que no volvería a verla. Ella misma me lo dijo: haz como si estuviera muerta, que tú para mí no existes. Como en los radio-teatros. Y así fue. Me importaba ver el respeto temeroso de la casera o sentarme en el parque para tratar de adivinar cuál de todas esas mujeres, gordas o morenas, bien vestidas, despreciables, lúbricas, madres de familia, se estremecerían esa noche al escuchar mis últimas maquinaciones contra Guadalupe la Inviolable. Me hubiera gustado intentar un estupro de verdad, una ignominia cualquiera, para que mi próximo personaje fuera realmente yo, el doloroso, para no tener que inventarlo a golpes de insomnio. Porque, a pesar de todo, creía en mis personajes; eran lo único que verdaderamente me iba quedando. Los peinaba, dormía con ellos espalda contra espalda, los despreciaba con amor.

Alguna cerveza los sábados, tendido en mi cama. Lo demás me importaba, pero la cerveza y un buen libro de espionaje, o un mal libro de espionaje, bastaban para sentirme más o menos satisfecho. Quizá alguna secretaria de la emisora un viernes por la noche, en algún hotel discreto del centro. Una secretaria pertinentemente casada y con dos hijos; son las menos difíciles de complacer. Y Pirandello de vez en cuando, para no perderme del todo en la maraña de guiones y frases hechas.

Guadalupe Frejas siempre fue la misma jovencita entre tímida y ardiente, la misma heroína que creía en

Dios y que le era fiel hasta la muerte al amante en turno. Igual que John Wayne siempre fue John Wayne, o Mae West, o Juan Orol. La misma voz, la misma magnífica voz durante veinticinco años. Eso fue. Yo descubría a cada personaje, lo iba modelando, le daba cara y estatura y tíos y padres y una infancia, dolores de muelas y otros más ocultos, amores de paso. Tenía en la cabeza un archivo de gestos, ojos, giros y palabras escuchados en la calle, listos para ser reproducidos por la noche, a solas en mi cuarto y, poco a poco, ser transformados y vueltos a guardar para cuando llegara la ocasión y vinieran al caso. Mis villanos movían las manos así o no importaba cómo, pero de manera característica; tomaban el cigarro con un dejo particular, caminaban recargándose en el pie izquierdo, aun cuando sólo el micrófono pudiera verlos; sólo el micrófono, pues los actores, el narrador y el viejo de los efectos especiales estaban siempre demasiado absortos en el libreto. Era necesario que la voz de mi villano fuera su voz y únicamente suya, que los radioescuchas me odiaran en serio y pudieran ver la cara abotagada del anciano prestamista de *Tiempo de lluvia*, o la belleza cínica del comandante francés de *Alejandra*. Yo prestaba mi cuerpo y mis cuerdas vocales al malo de la serie, y él me poseía; a cambio, yo cobraba treinta pesos por programa grabado. Era un mal trato, viéndolo bien, pero el mundo está lleno de malos tratos.

Diecinueve años al lado de Guadalupe Frejas, amándola con verdadera demencia a través de mis personajes. Diecinueve años diciéndome que esa novela sería la última, que pronto regresaría al teatro, hasta que fue demasiado tarde. Aun así me quedaba el placer de trabajar con Guadalupe y gozar, en el café, de su charla intrascendente. Y, de repente, uno de sus ataques se convirtió en el definitivo. No sabía si lamentar más su muerte, mi nostalgia por ella o la certeza de que jamás saldría de esa cárcel en que se me había convertido la radio.

En fin, tenía dinero apenas suficiente para sobrevivir otro par de semanas, si es que no pagaba la renta, y ya no había posibilidades de grabar sino hasta febrero, cuando la repetición de *El último amor* estuviese a punto de concluir.

El sábado siguiente a la muerte de Guadalupe tomé más cerveza de la que debía, y también el domingo. Canté con tanta fuerza que la casera se atrevió a asomarse por la puerta para decirme que la señora Fernández (no la conocía) estaba enferma y que necesitaba silencio. El lunes fui al café. Los muchachos del pin-ball estaban allí, con sus bamboleos y sus campanitas. El que jugaba me guiñó un ojo cuando llegó a un millón y medio en la segunda bola. Me hubiera gustado sonreírle, pero estaba seguro de que ese guiño no era para mí, sino para Guadalupe, la que todas las tardes se sentaba a escucharlos mientras comía no sé qué cantidad espantosa de hamburguesas.

-Le habla el patrón- me dijo un adolescente cínico y lleno de acné que se interpuso entre los del pin-ball y yo. Me sentía realmente mal.

-El patrón- repetí.

Se pasó la mano por la cabeza; se refería al calvo. No tenía intención de ver el desprecio del mesero, y dejé un billete de cinco pesos sobre la mesa, un billete demasiado grande para mi situación. Seguí al adolescente sin voltear hacia nadie. Las campanitas de la máquina sonaban como cañonazos.

Capítulo 3.

Pagan en dólares -dijo el calvo-. Cinco mil al empezar el trabajo y otros diez mil al final. Es mucho dinero.

-Pero es la policía- respondí.

El calvo, como siempre, no se interesaba en mirarme. Su aburrimiento se concentraba ahora en un viewmaster por el que pasaba transparencias de Disneylandia. Movía la palanquita con una regularidad histerizante.

-Si la policía quiere un actor -insití- no debe ser para nada bueno.

-No es la policía policía -dijo jalando la palanca por enésima vez, sin haber cambiado las transparencias-. Nunca has oído hablar de *esta* policía.

-¿Entonces?

-Trabajos especiales. Son de los que hacen trabajos especiales.

-Usted sabe que eso es cosa de la televisión -me desesperé-. Son inventos de los gringos.

-Conozco al jefe. Somos íntimos, si puede decirse; un tipo raro. Casi nunca se deja ver. Cree que todos lo quieren matar. Pero no es una mala persona, al contrario.

Bajó el view-master y me miró como había hecho con la secretaria que tenía que ver con el secretario general del sindicato, como si viniera de otro planeta. De seguro se preguntaba si hacía bien en contarme todo eso.

-¿Quién es?- pregunté.

-Te ha oído en la radio. Le gustas.

-¿Para qué?

-No sé. Nada bueno, tú lo dijiste, pero paga quince mil dólares. Con eso vas a Europa dos veces y regresas. O -se burló- compras tu propio teatro.

-¿En dólares?

Era más dinero del que nunca había visto junto, ni siquiera en el banco. Con los radioteatros sólo lograba ir al día; si comía en la fonda me alcanzaba para comprar libros de espionaje e ir al cine un par de veces por mes. Odiaba la comida de las fondas.

-En dólares -se aburría el calvo, que había regresado de nuevo al view-master, luego de cambiar la ruedita de las transparencias-. Todos verdes y crujientes. Huelen bien.

-¿Puedo dejarlo si no me gusta?

-Es tu problema- dijo aumentando la velocidad con que movía la palanca-. Yo sólo sé lo que te digo. Pero estoy seguro de que te va a gustar.

-Cómo se llama el hombre -.

-Deja de joder -gruñó-. Si te interesa, te interesa. Es la policía, estás protegido, no hay sindicato, y ya quisiera yo que me dieran quince mil dólares sólo por mi linda voz.

Cuando salí me di cuenta de que la secretaria no era la misma de la vez anterior. Como dijo el calvo, no había durado mucho.

Yo llevaba en la mano una tarjeta escrita a mano, con una letra llena de redondeces bruscas y ganchos pronunciados al final de cada palabra. Era una dirección, nada más. No me imaginaba para qué querría la policía, esa policía que no era exactamente la policía, a un actor de radioteatros. Pensé en la posibilidad de que el calvo estuviera tomándome el pelo, pero eso era imposible; él era tortuoso, pero ése no era su estílo. Intuí que no me necesitaban para nada referido a actos cívicos, de ésos donde el animador acaricia la cabeza de los niños, besa la mejilla de una anciana (siempre la misma) y regala una vajilla de plástico al que resulte ganador en la rifa. La letra muy poco podía decirme. O nada. Tratando de leer más allá de las palabras veía a un hombre sin cara ni edad, vestido de cualquier manera, señas particulares ninguna. Seguramente era un hombre estúpido e inflexible, si es que mi grafología particular servía de algo, pero no podía esperar otra cosa del jefe de una rama especial de la policía, fuera eso lo que fuese.

Decidí comer en un restaurante de verdad, no en la fonda de siempre, llena de humo, olor a grasa vieja y manteles de plástico de cuadritos. No se trataba de celebrar; se trataba de creer, el tiempo que durara la comida, que seguía siendo más o menos humano. Quizá pronto dejaría de serlo, al maravilloso precio de quince mil dólares. Si es que alguién de verdad estaba dispuesta a alquilarme por esa cantidad.

Era mucho dinero, muchísimo dinero, mi sueldo de más de diez años, más que suficiente para llevarle todas las semanas un ramo de flores al cementerio a Guadalupe Frejas. Aún no sabía dónde la habían enterrado. No sabía siquiera si tenía parientes en este mundo, o dinero suficiente para un entierro inmenso, a su medida, como se lo merecía. Diecinueve años de trabajar con ella en quince radioteatros y no saber más que su nombre, su gusto obsesivo por las hamburguesas y, la última vez que la vi, saber que le gustaba disfrutar de los gritos y las contorsiones de los muchachos del pin-ball, en los cuales yo nunca había reparado.

Comí un buen filete de aguja con papa al horno, un lujo que no me daba desde hacía algún tiempo. Sin embargo no los saboreé todo lo que debía saborearlos; la tarjeta, en mi bolsillo, parecía bailar con sus letras redondas y ganchudas, perfectamente dibujadas pero con un algo de enfermedad. Iría, eso era seguro. Haría cualquier trabajo que me propusieran; no tenía alternativa, y no tenerla era un buen consuelo anticipado para mi conciencia. Estaba obligado de antemano, así que me preparé para las abyecciones más exquisitas. Me preocupaba únicamente lo que hubiera dicho Guadalupe.

-Es el peor papel que le puede tocar a un hombre, el de policía -me dijo alguna vez-. ¿Te diste cuenta de que dejé de hablarte cuando lo de *Los años marchitos*? Eras un policía de lo más puerco, perdóname la expresión.

En los días que Guadalupe llevaba de muerta me había dado cuenta de lo que la necesitaba, así, inmensa y redonda, sonriente como una rueda de caballitos. La amaba ahora que estaba muerta. Supongo que siempre la amé, y por eso pude ser un buen villano a su lado, un loco por su amor; pero su cuerpo monstruoso se interponía entre mi declaración y ella. Sí, una declaración, la única cursilería hermosa que aún puede existir. De seguro se hubiera reído con carcajada de gorrión si algún día le hubiese confesado algo; pero, hasta que murió, no tuve nada que confesarle. Su muerte me dio un amor estéril, pero bello.

Mientras acababa mi flan al cognac y mi café -y con ellos el dinero que me quedaba- no resistí la tentación de ver de nuevo la tarjeta. Sí, el autor de esa letra era sin duda estúpido e inflexible. Inquietante, seguro.

La dirección era la de un lugar cercano; un kilómetro, si acaso. Había diez maneras diferentes de llegar caminando, y repasé mentalmente cada una de ella mientras el cognac me anestesiaba la lengua. Podía tomar el autobús con las monedas que me restaban, quitándole algunas a la propina, pero andar me haría bien.

Nunca habría podido caminar por la calle tomado de la mano de Guadalupe Frejas. Pero sin duda la amaba.

Capítulo 4.

La casa era pequeña y con algo que recordaba las de los cuentos de hadas. De hecho parecía una casa de muñecas, de tamaño no considerablemente mayor. Estaba completamente pintada de blanco, con arcos en la puerta del frente y figuras parecidos a conos de helado en las esquinas. En la planta baja no había ventanas· arriba, en algo que simulaba una buhardilla, dos grandes y coloridos vitrales-art noveau.

Pasé frente a ella tratando de aparentar una indiferencia que no sentía. Pero no pude fingir durante mucho tiempo. De pronto los vi, a todos al mismo tiempo, más con el cuerpo que con los ojos.

Podían ser diez o veinte, o cinco, pero estaban allí, con su espíritu de perro guardián y sus manos más rápidas que la vista. Parecían peatones casuales, ocupados en cruzar la calle o en comprar cigarrillos; uno silbaba caminando hacia mí; otro hablaba por teléfono, sin gesticular, en la caseta de la esquina; dos muchachos rubios -también eran de *ellos* - escuchaban su radio a todo volumen, dentro de un coche de hijo de papá pero sin placas, mientras un falso vendedor de seguros a domicilio, con portafolios y todo, miraba su reloj desesperadamente, aguardando un taxi, temiendo llegar tarde a la más importante de las citas. Había también un lustrabotas, un dependiente en la puerta de la tienda de animales que estaba al otro lado de la calle, un hombre canoso de mirada triste que se recargaba contra un poste, añorando los viejos tiempos. Los ojos de todos me apuntaron con precisión cuando me detuve en la esquina, junto al teléfono, y se me ocurrió vacilar durante un segundo, pensando en si valía la pena regresar. Bastó con darme la vuelta para que *ellos* midieran mis posibilidades de escape y, con frialdad profesional, calcularan en cuánto tiempo llegaría al infierno si hacía un movimiento en falso. No sé si me esperaban a mí en particular; estoy casi seguro de que no. Supongo que, simplemente, su oficio era esperar, estar allí durante semanas y meses hasta que llegara el momento exacto de actuar. Y yo estaba en medio de la red. Ya llegué demasiado lejos, me dije; no me dejarán irme. Caminé de regreso y me detuve frente a la casita de juguete. Toqué el timbre. Alcancé a ver de reojo cómo el que esperaba el taxi se llevaba una mano bajo la axila izquierda, aparentemente distraído; el lustrador, sin quitarme la vista, metió una mano dentro de su cajón. No quise fijarme en los demás.

Toqué otra vez y esperé. *Ellos* permanecían alerta; podía sentir la tensión a mis espaldas. No soporté más y volteé. El que hablaba por teléfono colgó después de asentir con la cabeza y trotó hacia mí con movimientos precisos; me sonreía como si yo fuera el amigo que se reencuentra después de tanto años.

-Si me permite... -dijo con voz aniñada y, en el tiempo suficiente para recordar línea a línea todos los libretos que había actuado, en dos segundos apenas, sus manos me recorrieron todo el cuerpo con suavidad escalofriante. Me pidió luego una disculpa y la puerta se abrió.

Una mujer muy delgada estaba en el marco; sus ojos brillaban, invitándome a entrar. Entré. En el interior había una luz tenue, muy agradable, artificial, que parecía salir de los rincones. *Ellos* se convirtieron otra vez en peatones casuales.

Las paredes, blancas como las del exterior, estaban adornadas con tres o cuatro litografías sabiamente escogidas y distribuidas. Dos pasos delante de mí iba la mujer; bajo la falda larga se adivinaban unas piernas fuertes y a la vez llenas de gracia. Señaló hacia una puerta entornada y balbució algo que no comprendí. Toda la casa estaba llena de un silencio confortante. Casi podía jurar que la mujer y yo estábamos solos; su sonrisa era íntima.

-Pase, por favor- dijo con voz de cantante de blues, señalándome una puerta entreabierta que estaba en el lugar menos previsible de un pasillo.

Sonreí también y, al tratar de entrar, me golpeé el brazo en el pestillo de la puerta. Busqué una frase graciosa que me salvara del ridículo, pero supe que en ese lugar era inútil jugar a la actuación; una de mis frases de villano se hubiera encontrado como respuesta con otra de condescendencia. La mujer me preguntó si me había lastimado y contesté con un tartamudeo; el brillo de sus ojos me desquiciaba.

Era una sala inmensa. Estaba ocupada, casi en su totalidad, por una mesa de reuniones en forma de huevo, olorosa a caoba fresca. Había a su alrededor unas quince o veinte sillas altas, de diseño más bien austero. Al fondo, en una especie de nicho excavado en una esquina, un hombre leía un libro en rústica, sentado en una poltrona de cuero. En el momento de mi entrada se llevaba a la boca una copa grande con un fondo de líquido ambarino. Mojó los labios, entrecerró los ojos e hizo un gesto de afirmación.

-Venga, siéntese -dijo sin verme, con una voz de barítono, bien modulada-. Lo esperaba desde hacía bastante rato.

Extendió la mano derecha y me apresuré a estrechársela. Era una mano delgada, pequeña e inquietante.

-No, no - dijo retirándola antes de que la tocara-. La tarjeta, por favor. Sólo la tarjeta.

Mi mano sudaba; casi me parecía que las gotas de sudor mojarían la alfombra perfectamente limpia. "Esa es una manera de llorar, como las hay muchas", decía Guadalupe Frejas; sus manos, al igual que todo su cuerpo, nunca dejaban de sudar. Me sequé la mano contra el pantalón, hurgué en mis bolsillos y le di la tarjeta. El la rompió en dos, sin verla, y la metió en un bolsillo de la camisa.

-¿Me recuerda? - dijo viéndome de frente. Unas arrugas de cansancio se le marcaban bajo los ojos. No parecía viejo, ni muchos menos; cuarenta años hubieran sido demasiados. Sin embargo estaba rodeado de un aura de serenidad, casi diría que de amor por el mundo, que sólo había visto en algunos ancianos de los parques; su mirada era a la vez triste y dulce.

-No, no lo recuerdo --respondí.

-Mi voz -dijo señalándose la garganta-. Debe recordarla.

La mujer entró silenciosamente y la miró como se mira a quien más se ama. Traía una copa tan grande como la de él, barnizada en el fondo con el mismo líquido ambarino. La secretaria -supuse que lo era- se retiró después de dármela junto con el destello aún más brillante de sus ojos. Pensé en sus piernas.

-Mi voz - insistió él.

Alcé los hombros y olí el líquido ambarino; sentí un agradable mareo. El me perdonó con un gesto de resignación.

-Hace algunos años, ¿recuerda? su villano, el comandante francés -y recordé de inmediante-. Mi voz es igual a la del comandante francés... ¿Cómo se llamaba?

-*Alejandra*-

-Eso, *Alejandra*. Mi madre, que ahora descansa en paz, no se perdió un solo capítulo. Yo mismo escuché casi toda la serie, se lo confieso. Me gustaba la idea de oírme todas las noches por la radio. Muchas veces le dije a mi madre que ése no era yo, sino un actor, pero nunca me creyó -se quedó mirando a la pared vacía-. Ella siempre supuso que yo era algo así como un agente viajero. ¿No le parece simpático? Supongo que ya le habrán dicho algo acerca de mí.

Asentí. Las piernas comenzaban a dolerme.

-Soy algo así como un policía sin placa. No privado; trabajo para el gobierno, y de hecho tengo una placa, pero prefiero dejarla en casa, sí. Digamos que me dedico a ciertos... uh... trabajos finos, sí; ciertos trabajos finos.

Asentí de nuevo y doblé una pierna, tratando de desentumirla. El entendió el mensaje.

-Siéntese, por favor; ya se lo había dicho cuando entró. Allí, sí, allí -quedé frente a él, de espaldas a la mesa-. Desde esa novela me intrigó usted, y no le extrañe si le digo que he llegado a admirarlo, sí. Quería conocerlo desde hacía algún tiempo, y me alegro de que haya llegado el momento, créame. Me gusta su voz, y no porque haya... bueno, imitado la mía, inventado la mía en ésa del comandante francés, no. Su voz es muy versatil; está llena de una gama de... uh... de texturas -se quedó dudando de sus palabras-. Si, texturas. Su voz cambia según el personaje, eso es admirable. Usted estudió actuación, ¿no es cierto?

-Cuatro años -confirmé-. Tomé también algunos cursos.

-Lo sé, sí. Fue segundo lugar de su generación, primer lugar en actuación. Representó *El tío Vania*, si no me equivoco. Y los cursos, claro. En un de ellos estuvo durante seis meses en Nueva York, una gran oportunidad sin duda y... uh... sin embargo su aprovechamiento no fue bueno. Pero no se debió a ninguna falta de talento, no. Nueva York es una ciudad con demasiados atractivos, demasiados para alguien tan joven, y sobre todo con esa locura de después de la guerra. Yo hubiera hecho lo mismo que usted, quizá.

Me sonrojé. Había olvidado a aquellas primas puertorriqueñas y los interminables viajes de sexo y marihuana, en un pequeño departamento del Bronx. Y *ellos* lo sabían.

-¿Interpol? - pregunté.

-Las cosas no son tan fáciles -contestó de inmediato, como si hubiese tenido lista la frase-. No, usted no sabe. Pero es mejor que no sepa. No todavía.

-Me siento mejor si sé con quién estoy hablando.

-A todos nos ocurre de vez en cuando, sí -y se limitó a mojarse los labios con el cognac.

Yo hice lo mismo y, por segunda vez en el día, sentí en la punta de la lengua un agradable adormecimiento. Los ojos se me llenaron de vapor y la respiración se mi hizo repentinamente pesada. El hombre de la poltrona alzó la copa y dijo un par de palabras que no entendí, pero que evidentemente no estaban dirigidas a mí. Entonces noté algo que me erizó los vellos de los brazos y de la nuca: su cuerpo era igual de silencioso que un trozo de cemento. No producía un solo ruido, su pecho se movía regularmente, pero parecía no respirar; se acomodaba de vez en cuando en el asiento, ayudándose con los brazos, pero no se escuchaba el más mínimo roce; ni un carraspeo, nada, únicamente su voz de barítono bien modulada, expelida con la cantidad exacta de aire.

-No, las cosas no son tan fáciles -y se quedó añorando.

Usted debe saberlo.

Ese, me dije, era el hombre estúpido e inflexible que escribió la tarjeta. El calvo me dijo que tenía siempre miedo de que lo mataran; sin embargo se veía completamente relajado; disfrutaba del cognac del mismo modo que, de seguro, disfrutaba una tortura refinada, y estaba sumergido enmedio de un silencio denso. "El jefe de una sección especial de la policía".

-Usted podría ser mi hermano -me reprochó con cariño.

-Me hablaron de quince mil dólares -lo corté. Había decidido entrar en materia; me irritaban sus frases fuera de lugar.

-Sí, eso -se entristeció-. No quería plantéarselo aún, no. Pensé que hablaríamos un poco de teatro. me gusta Genet -y me mostró el libro que leía cuando entré:

37

El balcón-. Bien, me parece que el teatro puede esperar. Negocios son negocios, sí.

De pronto sus ojos se cerraron a medias y el cuerpo se le tensó; palideció y los labios se le amorataron. Parecía en guardia ante un peligro del que sólo él pudiera percatarse. Acarició la copa con sonrisa cínica. "Este hombre está loco", pensé.

-Aguarde un momento -susurró, y tampoco me hablaba a mí esta vez.

Creí que se levantaría, pero sus piernas permanecieron inmóviles, al igual que el resto de su cuerpo. El cuarto se fue llenando de una tensión que partía de la poltrona y que casi me hizo gritar.

La puerta se abrió con un chasquido y salté en mi asiento. Era la secretaria.

-Falsa alarma, señor. Ya pasó.

-Gracias -dijo el hombre con un suspiro, el primer sonido que dejaba escapar aparte de su voz-. Apáguela, por favor; quiero conversar a gusto.

Su expresión se suavizó nuevamente y volvió a ser el abuelo joven de quince minútos antes.

-Tome ese sobre - dijo señalando hacia mí; a mis espaldas, en efecto, había un sobre grande de papel manila, de varios centímetros de grosor-. Estudie el material, se lo suplico. Estúdielo bien.

Dentro había varias fotos, que no examiné, y papeles mecanografiados que no me interesaban por el momento. Me interesaba el sobre más pequeño; lo abrí. Eran cinco billetes de mil dólares, cinco magníficos billetes de mil dólares, más nuevos que una virginidad, por los que hubiera vendido cinco veces mi alma al diablo.

-Guarde eso, por favor. Véalo en su casa. Estudie las fotos y los materiales. Cuando esté listo, venga.

Entonces hablaremos un poco de teatro, sí; de eso se trata, de teatro.

-¿Qué tengo que hacer exactamente?

-Estudiar y pensar, claro. Pensar mucho.

-Todavía no he aceptado nada- dije con un nudo en el estómago.

-Ande, vaya a su casa. Estudie eso- la voz le temblaba y comenzó a resoplar. La palidez lo invadía de nuevo, y puedo jurar que su copa tembló durante un segundo,

La secretaria se asomó sin entrar.

-¿Dígame, señor?

-Enciéndala- ordenó con los dientes apretados. Su voz sonaba a miedo.

Supuse que se trataría de alguna alarma que lo conectaba con los hombres del exterior, con *ellos*, los que lo protegían del mundo, de todo el mundo. Recorrí la sala con la mirada y no vi nada más que paredes vacías, la mesa inmensa con un tenue olor a caoba y quince o veinte sillas; un interruptor de luz, ninguna ventana.

-No salga de su casa como no sea para venir a verme -dijo al fin, volviendo a su voz de anciano tierno-. Los teléfonos de su edificio están intervenidos. No tendría que decírselo, pero me gusta jugar limpio- se mojó los labios con el cognac; nuevamente estaba lleno de silencios-. Está de más decirle que no debe mencionarle esta plática a nadie. Hay muchas cosas que no deben saberse, no. Esta es una de esas cosas.

-Algunas tardes voy al café - dije.

-Lo sé, sí -se preocupó-. También acostumbra comer en una fonda cerca de su casa.

Bostezó calladamente.

-Siga con su rutina. Sí, siga, no hay inconveniente. Incluso es mejor, pensándolo bien. Pero, por favor, no se separe jamás de ese sobre. Si sale, lléveselo con usted, pero sólo ábralo en su casa.

-¿Para qué quiere que estudie este material? Necesito saber.

-Luego hablaremos de eso. No quiero prejuiciarlo. No me gustaría que pensara cosas, no. Vaya a su casa y, cuando tenga algo en limpio, venga. Quizá yo no esté, pero lo atenderá alguien de mi confianza. Si estoy, platicaremos de teatro.

No hizo nada por levantarse ni me estrecho la mano. Simplemente me olvidó, como solía hacer el calvo.

En la calle estaban los mismos muchachos con la radio a todo volumen, dentro del coche; uno de ellos me hizo un gesto de saludo que no respondí. El hombre del portafolios seguía esperando su taxi y mirando el reloj compulsivamente. El lustrador se ocupaba de los zapatos del que antes hablaba por teléfono, y ambos me ignoraron.

Eran *ellos*. Todos.

Capítulo 5.

-Esos venezolanos son una porquería, señor, y quería que usted supiera mi opinión- insistió la casera, ya en la puerta de mi cuarto-. Hablan como africanos- dictaminó.

Estaba esperándome en la entrada de la casa con su delantal de siempre y con esa mirada de pez triste que no varió nunca, ni siquiera cuando murió, varios meses después. Comenzó a hablar desde que me encontraba a media cuadra de la casa, supongo que para que todo el vecindario supiera lo que pensaba de los venezolanos y sus radionovelas.

-Usted es malo, pero un malo muy bueno, así se lo dije a la señora Fernández.

-¿Quién es la señora Fernández?

-La que vive junto a su cuarto, quién va a ser. "El señor es el mejor actor", le dije, y ella dijo que sí. Fíjese que a veces hasta me da miedo pensar que usted duerme al otro lado del pasillo - y se limpió las manos en el delantal-. No me he perdido una de usted desde que empezó con esa que se llamaba... ¿cómo se llamaba? Lupita Frejas hacía de novicia y se huía del convento con el muchacho, ¿Se acuerda?

-*Amor en cadenas* -me aburrí.

-Esa. Usted terminaba en la cárcel o algo así.

Se quedó pensativa, restregándose las manos a través del delantal. Aproveché la pausa para avanzar otro paso dentro de mi cuarto y para agarrar el pomo de la puerta, listo para cerrarla de golpe. Reaccionó con rapidez sorprendente para sus años.

-No sé a dónde vamos a ir a parar, señor -dijo metiendo un pie dentro del cuarto-: Esos venezolanos lo dejaron sin trabajo, eso no es justo. ¿Y todo para qué? Para que les quitaran su cosa antes de un mes. Pero, para mientras, a usted ya lo pasaron a perjudicar, ¿o no? Es que la gente hace cosas sin pensar que daña a los demás, y eso si que no. Por eso yo no lo molesto a cada rato para que se apure a pagarme la renta, yo si tengo conciencia, y además sé cómo es el trabajo de ustedes los artistas.

Le di las gracias por octava vez, pero ni siquiera me oyó. Al menos no trató de meter otro trozo de su humanidad en el cuarto; el pie que me impedía cerrar la puerta era deprimente.

-Vamos de mal en peor, de verdad, no sé a dónde nos está llevando el gobierno. Fíjese en el relajo que están armando los estudiantes, por ejemplo. ¿Usted cree que esas son cosas? No, ¿verdad?, su deber es estudiar, no andar dando gritos por todas partes, como si no fueran gente de bien. ¿Quién anda dando gritos por todos lados? Sólo los locos. Y mire a todos esos muchachos peludos que se visten como mujeres, y a ésas que en vez de mujeres merecen que les digan otra cosa, Dios me perdone. Dicen que lo que quieren es amor y paz y que son gente de bien, pero lo que son es otra cosa, comunistas o algo así. Y el dinero que ya no alcanza para nada. A usted le consta, no alcanza. Y, por si fuera poco, se nos muere Lupita Frejas. ¿Qué alegría nos van a dejar a los pobres si las cosas siguen así, dígame? Por lo menos con el radioteatro a una se le olvidan sus problemas. Pero ya ni siquiera eso nos van dejando.

Tomó aire y aproveché un descuido para cerrar la puerta un par de centímetros más. Ella afirmó otro poco el pie que tenía dentro del cuarto.

-Usted que conoció a Lupita Frejas, ¿era bonita?

-Mucho -.

-¿Ve lo que le digo? Ni una foto sacaron en el diario, ni un homenaje le hicieron. ¿Para qué trabajó durante veintipico de años dándonos alegría a las amas de casa? ¿Para qué? Sólo para que nadie se acordara de ella a la hora de morirse. Lo bueno es que los venezolanos ya se acabaron. Yo mandé una carta protestando porque los hubieran puesto, y qué bueno que hicieron caso. No porque yo la mandara, ya ve qué poco les importa lo que piense la gente, pero por lo menos los quitaron. Mi comadre Juanita, a lo mejor la ha visto cuando viene, también escribió una carta donde les decía cosas, y la señora Fernández y no sé quién más, pero dicen que fueron miles de cartas que les llegaron; dicen que el correo ya no hallaba que hacer con tantas, y que por eso quitaron el dichoso radioteatro. Qué bueno que pusieron esa viejita de Lupita Frejas. Lo malo es que tampoco es justo. Usted también tiene que comer, señor, como todo el mundo y Lupita Frejas no es la única que puede hacer de muchacha. Y luego se quejan porque los mejores artistas se nos van a Estados Unidos y allí si triunfan. ¿Usted no ha pensado en irse a trabajar a Estados Unidos? La otra vez me dijo la señora Fernández: ¿Porqué no le pregunta al señor si piensa irse a trabajar a Estados Unidos?

-Mañana en la tarde le pago la renta -le dije-. Después de comer, sin falta.

-¿Sin falta?- balbució.

-Sin falta. Y tres meses por adelantado.

La casera boqueó sin saber qué hacer, con ojos aún más de pez.

-Mañana entonces -musitó-. De todos modos, si no puede...

Sacudió la cabeza y se alejó por el pasillo, hacia su cuarto, con el paso vacilante del que ha perdido a alguien muy querido. En los años que llevaba viviendo en su casa jamás me había dirigido tantas palabras juntas. Claro que yo tampoco me había retrasado en el pago de la renta, y eso pesa. Algo me remordió en la conciencia al verla cojear, débil y vieja, la cabeza meciéndose sobre un cuello muy delgado y frágil, los cabellos escasos y amarillentos.

Me encogí de hombros y entré en mi cuarto. La ventana estaba abierta, como siempre, y se vía una capa de polvo encima del escritorio. Había algo de aire, y las hojas de dos libros baratos danzaban sobre el escritorio, como intentando escaparse. En el piso estaban regadas las páginas mecanografiadas de un viejo guion que había hojeado la noche anterior. Bajo la cama había cientos de guiones, los de todas las radionovelas en las que había actuado. Junto con el espejo y el aparato de radio (que casi nunca escuchaba), ése era todo mi mobiliario.

44

Antes de cerrar la ventana y de recoger los papeles atisbé hacia fuera. Al otro lado de la calle estaba estacionado un automóvil negro, tan destartalado como para hacer juego con el vecindario, y al volante reconocí al hombre que me había seguido desde que abandoné la casita de juguete. Supuse que aún no llegaría a los treinta años. No se veía musculoso, pero su figura era agradable. Su cabello, más largo de lo que cabría esperar en un policía, era de un caoba oscuro y enseñaba una sonrisa de satisfacción que tampoco hacía juego con su oficio. Todos los que tenían que ver con esa "sección especial" sonreían siempre, y eso empezaba a molestarme. Nunca he soportado a los que se pasan la vida sonriendo. El japonés o coreano que llegó a la emisora a asesorarse sobre las radionovelas, por ejemplo, tenía la capacidad de ponerme los nervios de punta. Siempre decía palabras tan amables que resultavan vergonzosas, muchos elogios y aplausitos, siempre enseñaba unos dientes parejos y blancos. A la tercera semana (todos lo vimos) sedujo a uno de los mandaderos más jóvenes, y eso podía hacerlo con sonrisa o sin sonrisa, eso era un problema de ellos. Cuando los padres del muchacho se enteraron de la relación, el japonés o coreano, frente a la posibilidad de un juicio por estupro, hizo cita con él en un hotel discreto de las afueras y trató de ahorcarlo mientras dormía. Sólo la intervención de su embajada -y la oportuna carrera de su amante- impidió que terminara bajo cuatro llaves con todo y su sonrisita y sus buenos modales. Nunca me gustó la gente que sonríe a todas horas. Quizá por eso mi amistad con Guadalupe Frejas fue tan intensa. Casi siempre permanecía seria, aunque cordial, y una sonrisa suya era algo así como un hermoso regalo.

Cerré la ventana, ordené los papeles, guardé los libros y me senté ante el escritorio. Abrí el sobre. Allí estaban los cinco mil dólares, cinco de los grandes, cinco felicidades completas. Los extendí, los olí, los miré hasta hartarme. Pronto tendría otros diez billetes iguales, pronto o cuando fuera, pero los tendría. Serían míos. Pondría mil en la cuenta de ahorros que había abierto en el banco para los hijos de mi hermana. El mayor debía tener ya trece años, el menor cumpliría once dentro de muy poco. Extrañaba a mi hermana, los extrañaba a ellos, pero en los últimos diez años me había hecho a la idea de no volver a verlos. No podía, a veces, resistir la tentación de pararme frente a su casa y tratar de oír algo por la ventana, bajo el riesgo de encontrarme con mi cuñado o incluso con ella. Ambos fueron duros conmigo la última vez. No les di ninguna explicación; no la hubieran escuchado.

Mil dólares estarían bien en la cuenta de los muchachos.

Talvez mil quinientos; en realidad hacía mucho que no depositaba un centavo.

Guardé el dinero en el bolsillo y me dispuse a revisar las fotos y los papeles que me había dado el hombre de la poltrona. "Estúdielos", me había dicho, pero no tenía la idea de lo que eso quería decir.

En todas las fotos aparecían dos jóvenes, trigueño uno, otro muy moreno y lampiño, en diferentes edades de su vida. En la primera foto eran boy-scouts, y el trigueño lucía una gorra de piel de mapache. Al fondo se veía un volcán nevado. En la segunda ambos, casi adultos, brindaban viendo y sonriéndole a la cámara, acompañados por dos mujeres que evidentemente se aburrían. Tras ellos se veía un cartel con el nombre de un centro nocturno. La tercera era borrosa y parecía tomada con telefoto desde un tercer o cuarto piso. Ambos, de pelo muy largo (el trigueño usaba barba) y camisas floreadas, discutían moviendo mucho las manos. El moreno parecía tropezarse, pero imaginé que era un movimiento deliberado para poner énfasis en alguna frase. Me pregunté quién tomaría una foto tan extraña y la respuesta fue instantánea: *ellos*. Seguían ocho o diez más; sus cabezas sonrientes, a ras del agua, en una piscina; un día de campo con sandwiches y muchos otros jóvenes (la cara del moreno era casi invisible, merced a un rayón en el negativo); en fin, fotos intrascendentes, de las que sólo tienen sentido e importancia para los que aparecen en ellas. A excepción de la que aparecía borrosa, todas podían figurar en el más aburrido álbum familiar. Hasta allí no había nada que valiera quince mil dólares; cualquiera podía decir gratuitamente que los dos muchachos eran amigos desde la infancia y que, en suma, no había nada fuera de lo normal.

Tomé los papeles y de entre ellos cayó otra foto o, mejor, una plantilla con seis retratos de los mismos jóvenes. Estaban fotografiados del pecho hacia arriba, de frente, de perfil y de tres cuartos. El trigueño tenía una expresión de odio frío, el moreno irradiaba miedo por todas partes. Atrás de sus cabezas se veía una escala numerada, que indicaban que el primero medía un metro con setenta y dos y el otro un metro con setenta y cinco. Eran fotos de presidiarios pero sobre sus pechos no aparecía ningún número de ficha. Algo similar a una señal de alerta comenzó a zumbar alrededor de mi cabeza. Sentí lástima por ellos, quizá yo tuviera que ver con su destino, pero ni una ni otra cosa parecían costar quince mil dólares.

Los papeles fueron más explícitos. El trigueño se llamaba Juan Pablo Escudero Becerra, estado civil soltero, veintiseis años con once meses, señas particulares ninguna, tercer año de economía y segundo de biología en la Universidad Nacional. Según el expediente, fue scout hasta los trece años, a los dieciseis comenzó a asistir a un círculo de estudios cristianos, en el que permaneció casi por tres años. Salió de allí directamente a militar en la Juventud Comunista, en la que se desempeñó como tesorero de célula. A los veinticuatro años abandonó el Partido Comunista y se sumó a una especie de sociedad esotérica, que al ser infiltrada por la policía resultó ser una pequeña organización en la que se discutía acerca de la necesidad de iniciar la lucha armada para la instauración de un gobierno proletario o algo así. Se hablaba mucho de Cuba y del Che Guevara, de la guerrilla de Perú, de Venezuela, de Colombia y de Guatemala. También se fumaba marihuana y durante los recesos el redactor del informe se escandalizaba -dos parejas se encerraban en un cuarto y en el baño para hacer el amor. El infiltrado apareció muerto dentro de un automóvil un día de tantos, al tiempo que de la "rama especial" de la policía desaparecía uno de los choferes del jefe, supuse que del hombre de la poltrona; el chofer resultó ser un informante de los jóvenes, según las investigaciones posteriores. Los de la pequeña organización también desaparecieron antes de que la policía lograra reaccionar, y para entonces ya habían asaltado tres bancos. Gente rápida. A Juan Pablo Escudero Becerra se le acusaba de ser el autor material del secuestro de Heraclio Jiménez Fresedo, magnate de las latas en conserva y político influyente de la derecha.

Un timbre sonó dentro de mi cabeza, y muy fuerte. Heraclio Jiménez Fresedo. Guadalupe me había hablado de él la última vez que la vi. "Las cosas van a cambiar -había dicho-. Hay un movimiento fuerte", y se refería al tal Jiménez Fresedo. Ahora resultaba que estaba secuestrado. Hojeé el resto de los papeles; no mencionaban ninguna fecha. Debía ser algo muy reciente, pero no podía jurarlo; no compraba los periódicos y detestaba los noticieros. Seguí leyendo.

Juan Pablo Escudero, pues, era acusado de ser el autor material del secuestro de un industrial que a la vez era político de mucha fuerza. La familia del industrial, según el reporte, declaró después que estaba dispuesta a pagar lo que fuera por su liberación, pero los guerrilleros no llegaron a pedir un centavo. El magnate fue asesinado de un balazo en la nuca y encontrado en un auto robado; tampoco se mencionaba fecha. Escudero fue detenido en casa de una hermana suya, que al parecer desconocía sus actividades. Según el documento, Escudero confesó por escrito su participación en el secuestro y el asesinato, y hasta aceptó participar en una rueda de prensa para hacer públicas sus declaraciones. Pero esa misma noche, depués de reunirse con la prensa, apareció ahorcado en su celda. El forence dictaminó suicidio, y así constaba en un certificado anexo. Busqué la fecha del certificado: estaba tachada con marcador indeleble. Ví a contraluz, pero descubri que el espacio simplemente estaba vacío. Habían tachado un espacio en blanco.

Algo se me estrujó cerca de la boca del estómago, pero debí reconocer que por leer un documento como ése y por estrujársele el estomago a nadie le pagan quince mil dólares. Sin embargo seguía sonando la alarma. Si Jiménez Fresedo era tan importante como para haber sacado a Guadalupe de su frivolidad, su secuestro y asesinato eran suficientes para armar un revuelo del cual ya me hubiese dado cuenta, leyera o no leyera los periódicos.

Salí de mi cuarto y caminé hacia el fondo del pasillo; tenía que salir de dudas. Toqué la puerta de la casera. Sus ojos de pez casi se iluminaron al oír mi pregunta.

-Ese tal Jiménez es otro igual que todos, yo sé lo que le digo -se indignó de inmediato-. Mucho hable y hable y a la hora de las horas desaparece como si se lo hubiera tragado la tierra. Yo por eso le dije a la señora Fernández: ese hombre tiene razón en todo lo que dice, pero va a ver que no va a aguantar un cañonazo de cincuenta mil pesos, o de dos millones, porque es gente de dinero y no se va a conformar con menos. ¿Y qué pasó? Armó todo un relajo, que democracia por aquí y que democracia por allá, y de repente nos dejó a todos colgados de la brocha. Para mí que ahorita debe estar en Miami tostándose al sol y comiendo de sus dichosas latas de tutti-frutti. ¿Y los que creyeron en él? Muy bien, gracias. Yo no, porque ya ni en la paz de los sepulcros, pero ¿y toda esa pobre gente? Muy opositor al gobierno, de a muchas palabras y de a mucha libertad y mueran los caciques y quién sabe cuántas cosas, pero es gente de mucho dinero, y entre los de dinero no se hacen la guerra. Yo sé lo que le digo: se asustó y se fue, o se aburrió de las manifestaciones que, eso sí, eran más ordenadas que las de los comunistas.

Logré huir cuando la casera estaba a punto de regresar a los venezolanos y sus radioteatros. Pero había sacado algo en claro. Por de pronto, Jiménez

Fresedo había desaparecido misteriosamente del mapa, y el responsable parecía ser un pequeño grupo guerrillero en el que militaba un tal Juan Pablo Escudero Becerra. Averiguar eso tampoco valía quince mil dólares, sobre todo si los que pagan sabían todo desde el principio.

Seguí leyendo.

El expediente del moreno parecía una copia al carbón del anterior, con excepción de la confesión y del suicidio. Ernesto de Jesús Mendizábal Ortega -así se llamaba- se negaba a hablar del secuestro, "a pesar de nuestra insistencia por todos los medios, así como las garantías recibidas". Juan Pablo había confesado, y mucho; aparte de todo lo suyo, había dado el nombre del amigo de toda su vida, y también lo habían capturado. Ernesto ni siquiera dio los buenos días. La policía conocía un nombre más: el de Lorena Vázquez E., muerta en el asalto de una casa de cambios. Además, sabía que Ernesto de Jesús Mendizábal tenía un hijo, nacido cuando él no cumplía dieciséis años, pero con el que no tenía ningún tipo de contacto. La madre del niño, según una corta declaración anexa, ignoraba todo acerca de Mendizábal a partir del octavo mes de su embarazo. Se llamaba Felicia Lagoya, era psicóloga industrial (no titulada) y trabajaba como vendedora en una tienda de discos.

Repasé las fotos. Las del trigueño casi me hicieron llorar. Era un asesino, pero estaba muerto, tan muerto como Guadalupe Frejas, y de ella también tenía algunas fotos donde sonreía, fotos tomadas en la emisora durante alguna grabación, donde aparecía el reparto de varias radionovelas. Guadalupe sonriente, repleta de hamburguesas.

Leí el último de los documentos. Era una carta de la esposa de Jiménez Fresedo, en la cual aceptaba que no se diera a conocer al público el secuestro y muerte del industrial, a fin de no entorpecer las investigaciones. La cosa empezaba a aclararse, pero no con respecto a mí papel en todo ese lío. ¿Qué diablos tenía yo que ver con un secuestro de alguien del que sólo había oído hablar una vez?

La fotos de Ernesto, el moreno, me desconcertaron. Sonreía siempre, pero en todas se veía lleno de un miedo que se le escapaba por los ojos, por los poros, por todas partes. No era timidez, sino miedo, miedo a la vida, miedo a la muerte, miedo a ser visto o ignorado, miedo del más elemental. Miedo, pues. Lo imaginé capaz de jugarse el pellejo en demostraciones de valor estúpidas, con tal de convencer de que el miedo que transpiraba era sólo un disfraz, cuando era su verdad más íntima. Hablaría siempre en voz muy alta y se reiría con las carcajadas más estruendosas; sin embargo sería tierno con las mujeres, y quizá en la cama les contaría la verdad entre sollozos, buscando inspirar un poco de lástima. A mí no lograría engañarme: era un cobarde, terriblemente cruel como todos los cobardes. Era tan cobarde que jamás lo reconocería y preferiría morir en medio de torturas antes que confesar todo su miedo, su maldito y estúpido miedo. Creo que lo odié durante un rato, viendo su foto de frente, de perfil y de tres cuartos hasta hartarme. Tapaba, sin embargo, la secuencia del trigueño. No quería que la lástima echara todo a perder; la lástima por el asesino muerto. Debía odiar al vivo, eso era seguro, o no podría realizar el trabajo que me pedirían, cualquiera que fuese.

A las nueve de la noche, luego de releer varias veces el material, decidí dejar mis preguntas sin respuesta e irme a cenar al café de chinos de a la vuelta, donde tenía crédito abierto.

El muchacho que me vigilaba se sentó junto a la entrada y se puso a leer una fotonovela de crímenes pasionales. Me levanté de mi lugar, en el fondo del local, y fui hacia él.

-¿Por qué no cenamos juntos? -lo invité-. Yo pago.

Se golpeó la frente con una mano y abrió los ojos como si apenas me reconociera.

-Discúlpeme. Le juro que no lo vi. No quiero parecer maleducado, pero es que como usted estaba hasta el allá...

Me senté frente a él. Me miró con admiración.

-Oiga, usted es más alto de lo que parece. Ya ve, desde lejos no se aprecia bien. A uno le dicen: mide tanto con tantos, pero no es lo mismo.

-¿Qué va a tomar? -

-Sólo café con leche, gracias, y un bísquet -mientras hablaba recorrió el restaurante con mirada profesional-. Oiga, ¿qué tal si nos sentamos donde estaba antes? Allí se platica más a gusto.

Sonreí un poco y me dirigí al lugar que había elegido al principio. Me senté.

-El sobre - dijo él, repentinamante serio-. Lo dejó allá. Tome. El jefe dijo que no debe separarse de él.

-¿Quién es el jefe? -pregunté.

-Usted ya lo conoce -dijo con inocencia.

-Quién es *realmente*.

-No sé -sonrió, y parecía cierto-. Hay cosas que uno no pregunta.

Permanecimos callados mientras la mesera nos servía el café. Puso una bandeja llena de bísquets y otra con pan surtido, dio unas gracias injustificadas y se alejó moviendo mucho las caderas.

-Nos está dando entrada- dijo el policía.

-¿Cómo se llama? -insistí.

-Martín López, para servirlo -dijo con alegría-.

-Digo el jefe.

Amplió su sonrisa hasta un límite inconcebible y dio una mordida de caballo al bísquet.

-Yo no sé lo que le hayan dicho -respondió-, pero lo que sí sé es que yo a usted no lo había visto antes. Si no sabe algo es porque no quieren que sepa -su vocabulario en materia de verbos era de una monotonía portentosa.

-¿Qué estudios tiene? -quería conversar sobre cualquier cosa para hacerle bajar la guardia.

-¿El jefe? No sé.

-Usted.

Lanzó una carcajada contagiosa y casi se atragantó con el pan. Varios de nuestros vecinos voltearon a verlo, extrañados.

-Si quiere podemos jugar ajedrez un día de éstos -dijo-. Es lo único que sé hacer bien. Como policía soy malo, de veras; usted me detectó desde el primer momento.

-Quizá usted no quería esconderse.

-También puede ser- y el muy cerdo sonrió otra vez; estaba harto de tantas sonrisas en las caras de los vivos y en las fotos de los muertos-. Pero la gente no sabe. Cree que los policías como yo conocen de todo, como los psiquiatras y los médicos. Uno dice que es policía y la gente empieza a sentir dolorcitos por aquí

54

y dolorcitos por allá -una nueva carcajada, sin sombra de burla, voló hasta el chino del mostrador y regresó haciendo piruetas. Era simpático, de eso no cabía duda, aunque no del tipo que a mi me gustaba. Sin embargo su timbre de voz no era agradable. Una voz talvez demasiado aguda para mi gusto, una voz andrógina. Pero era simpático.

-¿Qué me dice entonces de su jefe?

Sorbí mi leche con café distraídamente. Sus manos vacilaron durante un minuto completo antes de tomar otro bísquet.

-Lo mismo que usted sabe es lo que yo sé -insistía en ignorar todos los demás verbos-. Siempre hay mucha gente cuidándolo como si fuera un tesoro. A lo mejor sí es, no sé. Se mueve mucho, quiero decir que tiene muchas casas. Yo conozco siete, pero dicen que son más de quince -reflexionó durante unos instantes-. Se supone que no tenía por qué decirle eso, así es que olvídelo.

-Lo olvido.

-También su secretaria, o lo que sea. Ella sí es la misma siempre, pero se cambia el color del pelo todos los fines de semana. Esto no importa que se lo diga; hay muchas que hacen lo mismo.

Entonces hice una pregunta que ni siquiera pensé:

-¿Es paralítico?

-¿Quién?

-No mueve las piernas. Durante todo el rato que estuve con él no movió las piernas.

Se quedó desconcertado, con el vaso de leche con café muy cerca de la boca y un trozo de bísquet a medio masticar.

-Usted hace preguntas raras, pero ésa no me la esperaba.

-¿Es o no?

-No sé -repondió-. No sé tampoco si le contestaría si supiera.

-¿Sabe quién soy yo?

-Mire, mi amigo, yo sólo soy un policía. Gasto muchos zapatos, pero me pagan bien. A mí me ordenaron que lo siguiera, y yo lo seguí. Me dijeron que no importaba que usted se diera cuenta, y dejé que me viera; así son las cosas. Ahora estoy cenando con usted, y sé que habla chistoso, como si fuera muchas gentes a la vez. Sé su nombre y sé que es locutor y sé que hace radioteatros. Lo demás no es asunto mío, a menos que me digan que es asunto mío.

-No quise ofenderlo.

-No se preocupe -parecía reconciliado con el mundo-. Usted ofende con la legua; otros ofenden a cuchilladas.

-La lengua es más poderosa que la espada -payase.

Apartó un poco el saco y vi un bulto oscuro bajo su brazo izquierdo.

-Ya se inventaron cosas más efectivas. Colt 357. ¿Las conoce?

-No.

-Tiene suerte. Son peores que el cigarro; una vez que uno las use ya no puede vivir sin ellas. Como las mujeres, pues -y dejó bailar otra carcajada de adolescente.

Un hombre bajito, muy seguro de sí mismo, se acercó a la sinfonola y metió muchas monedas. Apretó botones durante un buen rato y volvió a su lugar. Una voz pastosa y sensual, demasiado llorona para mi gusto, escapó por la bocina; el cantante confesaba ser un triste payaso que no podía ocultar su careta. Javier Solís en su faseta más deprimente.

-Me voy- le dije al policía.

Señaló la sinfonola, poniéndose también de pie.

-Se murió- dijo con tristeza-. Ayer o anteayer, ¿no se enteró? Hay muchos programas de radio y televisión -informó tomándose el último sorbo de café y tratando de pasarse un trozo bestial de bisquet-. Dicen que México está de luto, que Javier Solís es el mejor cantante, hasta mejor que Pedro Infante y que Jorge Negrete, dicen.

-Todos se están muriendo -respondí.

-El sobre -me reprochó-. No deje el sobre.

Esa noche dormí mal. Mis sueños no fueron de imágenes, sino de voces, muchas voces que, sin embargo, eran una sola y la misma. Una voz múltiple confesando crímenes abominables. Todas las voces eran la del muchacho moreno y lampiño. Pero también había largos silencios, tangibles y opresivos, y eran la voz del trigueño muerto y la de Jiménez Fresedo. Los dos confesaban también algo, y era su propia muerte. Luego soñé que Guadalupe Frejas me hablaba por teléfono.

-Estás cayendo en la última llamada -decía su voz de gorrión-. Cuando recuerdes talvez no haya función -y sus palabras tenían un sentido premonitorio.

Desperté con dolor de cabeza, incómodo de estar vivo. En el reloj eran poco más de las once de la mañana. Al fondo del pasillo, desde el cuarto de la casera, se escuchaba a un locutor que dirigía un duelo, sí, señoras y señores, un magnífico mano a mano entre Javier Solís y Pedro Infante, los ídolos de la canción, como una cortesía de. El tipo tenía una voz infecta. También los dos que cantaban. Las voces de ambos me retumbaron en la cabeza mientras me bañaba; el maldito baño estaba junto a la puerta de la dueña.

Por esa vez ganó Javier Solís. Tenía la suerte de haber muerto apenas un par de días antes. Eso era la verdadera suerte.

CAPITULO 6.

Llévele un sandwich de jamón con queso al señor y pregúntele qué quiere tomar -dije señalando al policía, que permanecía en su coche destartalado frente a la puerta del café, con aire ofendido.

El mesero me miró torciendo la boca y se alejó hacia la puerta de la cocina con su aire de duque en desgracia. Tenía porte, no cabía duda, pero estaba a punto de volvérseme insorportable ahora que Guadalupe no llegaba al café y que no existía la posibilidad de que llegara de nuevo.

Había cambiado uno de los billetes de mil dólares. El cajero lo tomó con escepticismo y fue a consultar con alguien que debía ser el gerente. Este me miró desde lejos, se llevó el billete hacia un despacho y regresó cinco minutos depués con un papel de color rosa, que le entregó al cajero. Este se ablandó un poco cuando me dio el fajo de billetes de quinientos pesos; un fajo así produce ternura incluso a un cajero. Allí había el equivalente de muchas horas de ensayos y de trabajo ante el micrófono, con la ventaja de que no tenía que soportar la mirada cretina del calvo a la hora de presentarle el recibo. El dolor de cabeza se me suavizó.

Caminé al azar, muchas cuadras al azar, disfrutando la hinchazón en el bolsillo del pantalón. A prudente distancia me seguía el policía en su coche destartalado, a vuelta de rueda; nunca me sentí tan seguro con tanto dinero encima.

-¿Qué le parece si mejor lo llevo? Está de locos vigilarlo así; me está dando sueño -se quejó el policía a mi derecha.

-Disimule -dije-. Pueden creer que quiere algo conmigo.

-Carajo -gimió-. ¿Va muy lejos?

Señalé hacia el café, hice un gesto de despedida y entré. No acostumbrada ir a esas horas, pero quería desayunar bien por primera vez en muchos meses. Un buen bisteck con papas bien fritas, un café fuerte y con olor a cielo, una rebanada de pastel de chocolate. No: dos rebanadas.

Estaba en la primera rebanada cuando le llevaron el sandwich al policía, junto con un vaso de refresco. Sonrió con ternura y me hizo un gesto, que ignoré. Lo hubiese invitado a entrar, pero prefería desayunar solo; tenía algunas cosas en que pensar, aunque no quisiera había mucho que pensar. Sobre la mesa estaba el sobre de papel manila con algo que quizá fuera explosivo: el secuestro y asesinato de un industrial poderoso, que a la vez era un importante dirigente político. Una idea trataba de colárseme en la cabeza, pero yo me resistía y la obligaba a permanecer fuera de mi conciencia. Sabía lo que querían de mí, tal vez de forma vaga, pero lo sabía, y sabía que si llegaba a racionalizarlo devolvería el dinero y me llevaría el diablo. Disfrutaría un poco mi nueva fortuna, gastaría tanto que me fuera imposible echarme atrás; comería bien, iría a alguna función de cine, talvez hasta al teatro. La advertencia de Guadalupe en mi sueño había sonado clara; ella me había dicho para qué me contrataron, aunque de momento yo tratara de negarmelo. Voces, eso era. Voces. Yo no era, ni sería nunca, un rostro ante el público: era una máquina de hacer voces. Voces tan graves o tan agudas como me lo permitiera la garganta y me lo exigiera el personaje de turno. Mi registro era amplio, y mi voz tenía expresividad y -como se dice- carácter. En la emisora guardan las cintas de todos mis radioteatros; son un compendio de voces tipludas o recias, jóvenes, ancianas (*El crespúsculo* fue un buen trabajo). Voces, muchísimas voces. Nunca había escuchado mi verdadera voz por la radio, pero sabía que mi tono natural era el de un barítono no muy profundo. Sin embargo, la noche anterior mi vigilante me había dicho que oírme era como oír hablar a muchas personas al mismo tiempo. Eso era un homenaje.

Era viernes. Quizá era un buen día, por otra parte, para entrevistarme con el hombre de la poltrona; yo sabía que de todas maneras no devolvería el dinero, y era innecesario buscarme pretextos estúpidos. Que me dijera de una buena vez qué deseaba exactamente de mí y ya, a terminar pronto el trabajo.

Voces, sí.

-¿Qué dice nuestro amigo común? -reptó una voz gelatinosa frente a mí. Era el calvo acompañado de su nueva secretaria. La muchacha no sabía dónde poner los ojos; se avergonzaba de estar allí.

-Nada en firme- respondí. Me agradó de pronto la idea de que "nuestro amigo común" fuera sólo un pobre tipo paralítico; con mucho poder en las manos, sí, pero incapaz de dar un paso. Los mil dólares me habían puesto insolente.

-Me habló hace un rato para darme las gracias por mandarte -dijo jugando con una rosa de tul pegada al hombro de la secretaria. Ella enrojeció y me miró suplicando ayuda o perdón.

-¿Y?

-Le molestas un poco. Deberías ser prudente. Es un hombre muy susceptible; si guiñas un ojo sin motivo puedes caerle bastante mal. Y nunca hay que caerle mal a un hombre como él -una de sus manos rozó, como por casualidad, la cadera de la secretaria.

-Nadie es perfecto.

-Por cierto, hay chance de que hagas un programa especial. Pagan bien. Es sobre Javier Solís.

-No tolero a Javier Solís -confesé.

-Allá tú -y se llevó a la secretaria, aferrándola por un brazo, hasta el fondo del café. Ella caminó como si fuera al cadalso y quisiera resistirse para vivir un segundo más; cuando la soga estuviera alrededor de su cuello ese segundo de gracia sería como tres siglos de vida.

Llamé al mesero. Gastó cinco minutos en examinarse las uñas antes de venir. Decidí vengarme.

-El solsticio de marzo se conjuga con las tarántulas normales en épocas de decadencia -dije imitando su voz y sus gestos hasta en el menor detalle.

El mesero se detuvo en seco, frío como si lo acabaran de sacar del congelador. Tembló un poco de la cintura hacia abajo y abrió mucho los ojos. Trató de balbucir algo, pero solo dejó escapar un gorgoteo de saliva.

-Las tarántulas -insistí-. Y la cuenta, por favor.

De pronto el mesero había perdido toda su digni-dad. Había imitado su voz y sus gestos, que él mismo sabía falsos; había llegado al fondo de su alma de pobre diablo lleno de hermanos y con sueldo insuficiente. Le había demostrado que no era un duque, sino un pobre mesero.

-¿Cómo le hizo? -sollozó.

-Quédese con el cambio -sonreí dándole quince pesos. Se miró las manos con vergüenza, con vergüen-za pura. En la puerta me topé con los muchachos del pin-ball, que apenas llegaban. Me saludaron.

Voces, sí. Esa era mi misión con el hombre de la poltrona. Esa era mi misión en la vida. Me sentí como un monstruo sin cara, que en lugar de líquidos viscosos secretara voces.

-Lléveme -le dije al policía, que doblaba y desdo-blada la servilleta del sandwich.

-Gracias -respondió-. Aquí los hacen buenos.

Subí al coche. El recogió un pequeño estuche de cuero que estaba sobre el asiento y lo echó atrás.

-Cosas para rasurarse -dijo-. Me molesta la barba.

-Voy con el jefe -dije. Por dentro el coche era aún más destartalado que por fuera. Olía a óxido.

-Hoy amaneció contento, ¿verdad? -arrancó-. El dinero hace cosas buenas. No hace milagros, pero sí cosas buenas.

Enfilamos hacia el centro y, de pronto, nos encontra-mos con varias patrullas atravesadas en la calle, y seis o siete policías desviando el tráfico. Estacionado bajo unos árboles estaba un camión repleto de granaderos.

-Otra manifestación -dijo metiéndose por una congestionada calle lateral.

-¿No vamos a la casa de ayer?

-No. El jefe no está disponible. Pero en la mañana me ordenó que, cuando usted estuviera listo para trabajar, lo llevara a hacer una visita.

-¿A quién?

-Una mujer.

-¿Tiene que ver en este asunto?

-No sé.

Un autobus estuvo a punto de destrozarnos. El policía masculló un insulto y se metió por otra lateral, un poco más despejada.

¿Vió hoy al jefe?

-No me he movido de enfrente de su casa.

-¿Entonces?

Mientras esquivaba a un par de peatones aterrados y se saltaba un alto abrió la cajuelita que estaba enfrente de mí. Dentro había un pequeño radio con una luz verde encendida. Al lado había una pequeña torreta muy roja, parecida a las de las patrullas. Cerró.

-Es de lo último que han hecho los japoneses -dijo-. Todavía no se vende ni en Estados Unidos. Tiene cuarenta y dos canales.

-¿Usan banda civil? -me extrañé. El respondió con otra sonrisa de su inmenso repertorio. Tenía muchos tipos de sonrisa, uno para cada ocasión, y cada tipo estaba lleno de una impredecible cantidad de matices y gradaciones. Era un don, supuse; asqueroso. Pero empezaba a aburrirme. En general me parecía un tipo sin demasiada gracia, pintado en tonos grises. Eso era ideal para un policía secreto, pero no dejaba de darme pereza.

-¿Qué sabe de Jiménez Fresedo? -tanteé.

-¿El de las salchichas enlatadas?

-También enlata otras cosas.

-Que está mal. La política no es para los enlatadores, sino para los envidiosos que quieren tener tanto dinero como ellos.

-¿Qué sabe *de verdad*?

Rodamos un kilómetro en silencio.

-Esas cosas no pueden terminar bien -dijo al fin-. Como en ajedrez. La dama es muy poderosa, pero no puede hacer todo. A veces uno la usa para atacar, para defender, para mantener una posición, para amenazar con comerse un peon, todo al mismo tiempo. De repente aparece un caballo enemigo y todo se va al diablo. Adiós, dama.

-¿A cuántos ha matado? - el coche se dirigía hacia el oriente.

-Todos preguntan lo mismo -se lamentó.

-¿Y siempre contesta que todos preguntan lo mismo?

-Sí.

Voces, voces. Me preguntaba cuál de todas las voces posibles debía usar. Una inédita, sin duda. Una a la medida. Siempre tuve una voz a la medida. Debía ser nasal; irónica, talvez. La tesitura necesaria me la daría el hombre de la poltrona; debían tener por allí alguna grabación.

-A dos - dijo de pronto el policía.

-¿Qué?

-Dos cristianos. Uno nunca anda como en las películas del oeste; allí se mueren todos. El segundo alcanzó a herirme en una pierna. Nada grave. A él le fue peor.

-¿Cuándo fue?

-Hace como tres años. Todavía no estaba donde estoy ahora.

-¿Dónde está ahora?

Respondió con otra de sus malditas sonrisas.

-¿Y el primero? -pregunté.

-Nada del otro mundo. Cosa de rutina. Uno cree que van a empezarle las pesadillas y que el mundo se le va a caer encima, que la gente va a saber que uno mató a un cristiano con sólo verlo a uno. Pero no. Ni siquiera se me puso la carne de gallina, ni me dieron ganas de vomitar, como dicen que pasa.

-¿Cómo lo mató?

-Ya no me acuerdo.

Dos muertos. Mis villanos habían asesinado por lo menos a treinta. El calvo hizo una estadística un día que no encontraba cómo ponerse odioso. Se lo conté al policía.

-Un buen historial -se rio-. No, yo sólo soy principiante. Son dos, pero de verdad. Tampoco creo que ninguno de mis compañeros deba más de dos. El jefe dice que no somos asesinos.

-¿Y qué son?

-No somos asesinos. A nadie le gusta ser asesino.

Afuera comenzó a oler mal. En los últimos minutos nos habíamos desplazado por un camino de terracería lleno de baches y lodo. Alrededor se levantaban casas de tabique a medio construir. Varios niños semidesnudos, blancos de polvo y descalzos, correteaban tras una pelota de plástico. Un cerdo de piel escamosa olió el automóvil desde lejos, listo para huir.

-¿Una de las casas del jefe? - pregunté cuando nos detuvimos ante una construcción igual a las demás.

-Le dije que íbamos a visitar a una mujer -se enfurruñó-.

Y no diga nunca lo de las quince casas del jefe; se me pasó la mano. Olvídelo.

-¿A qué se dedican ustedes?

-A todo y a nada -hizo una señal para que bajara-. A veces creo que a nada.

Nos abrió una mujer de unos treinta y cinco años, de ojos hundidos y boca carnosa. Era agradablemente morena, y bajo el vestido de tela basta se adivinaba un cuerpo suave y confortable. Los músculos de sus piernas eran poderosos, bien marcados. Miró a mi acompañante con algo que tanto podía ser tristeza como rencor, cansancio o indiferencia.

-¿Otra vez? - dijo.

-Ya ve - sonrió el policía.

Se apartó y entramos. Adentro el suelo era de tierra apisonada y lustrosa. Había una mesa vieja, tres sillas y un cuadro de la virgen de Guadalupe flanqueado por varias veladoras apagadas. El altar estaba lleno de polvo. Todo estaba lleno de polvo. A través de una cortina de plástico se veía, en el fondo de la pieza, una cama y varios cajones para fruta llenos de ropa y objetos que no alcancé a distinguir. La mujer se paró ante la mesa, donde había varios vestidos desteñidos, floreados en su mayoría; tomó la plancha y se dedicó a ignorarnos. Las manos eran grandes y fuertes, pero no callosas.

-¿Ahora que? - preguntó al fin.

-Saque las fotos - me dijo el policía-. No, todas no. Con una está bien -y señaló la imagen del trigueño y el moreno brindando en un centro nocturno-. Esa.

-Ya les conté muchas veces - se aburrió la mujer-. Pero ustedes no se cansan. Como si una tuviera ánimos de hablar cada vez que a ustedes se les ocurre. Eso sí, la semana pasada no quisieron darme la pensión, que porque no había fondos en caja. Así me dijeron: que no había fondos en caja. Me dijeron que fuera mañana, cómo ve. Mañana es sábado y no abren.

-Ella -me explicó el policía con voz de guía turístico- es la viuda de un compañero. Lo mataron.

-¿Quiénes?

La mujer comenzó a monologar. Su voz era monótona y parecía salir de un disco muy antiguo.

-Eran como las cuatro y media de la mañana -dijo-. Yo había ido por el agua para que se bañara Virgilio. El se iba a las seis, pero se me había acabado la leña y fui a comprar. Allá atrás está el fogón -señaló al fondo de la casa sin dejar de planchar-. Allí le calentaba el agua a Virgilio. De mí dicen muchas cosas, pero nunca dirán que dejé a Virgilio sin agua caliente para bañarse.

-¿Qué diablos es esto? - le pregunté al policía.

-Oigala. Es lo que ustedes llaman un caso de la vida real.

-Virgilio -siguió ella- siempre dejaba la pistola aquí en la mesa. Decía que era para que en la mañana no se le olvidara llevársela, que porque tenía mala memoria, pero no era verdad. Lo que pasa era que sabía que a mí esas cosas me dan miedo. Por eso es que la dejaba aquí, cubierta con el trapo de las tortillas. Era muy considerado conmigo. Con los demás no sé, no creo, pero conmigo sí. Al principio, cuando empezamos a vivir juntos, la ponía debajo de la almohada, pero un día le dije: o la pistola o yo. Esa vez nos peleamos bien fuerte. Siempre que nos peleábamos acabábamos a golpes, pero por suerte nos llevábamos bien casi siempre. Yo creo que nos peleábamos porque no teníamos hijos- la mujer apagó la plancha y se sentó junto a mí, con la vista baja-. No sé qué me hicieron cuando me operaron la hernia, pero nunca me embaracé. Virgilio me dijo que adoptáramos un niño. Por aquí luego hasta los pasan regalándo. Pero a mí esas cosas no.

-¿Hace cuánto le pusieron la electricidad?- pregunté.

-Hace unos siete meses, ocho- dijo ella en el mismo tono.

-¿Y qué pasó?- preguntó el policía, viéndome con reproche.

-Usted ya sabe. Mientras se calentaba el agua de Virgilio él se puso a cortarse las uñas. Yo vine a la puerta, a ver si pasaba el de la leche. Virgilio me preguntó si había visto a la comadre Matilde y yo volteé para contestarle que no. Entonces sentí que me empujaron desde la calle y me caí al suelo. Me golpeé la boca contra la mesa y me quedé tirada. No fue mucho tiempo, pero alcanzó para que lo mataran.

-La foto - me apremió el policía.

-Este fue - dijo señalando al muchacho moreno-. No tenía cara de malo. Virgilio me había dicho que no todos tenían caras de malo, pero yo nunca le creí. Virgilio era buena gente cuando no se enojaba, y a todos les veía caras buenas, pero con éste sí tenía razón.

-¿Está segura de que fue él?- pregunté.

Entonces hizo algo que nunca debió hacer: me miró a los ojos. Se le saltó una lágrima, una lágrima muy grande, pero más allá de la lágrima vi lo que sólo un actor puede ver.

-Yo estaba en el suelo -dijo-. Fue muy rápido. El muchacho de la foto entró con una cosa como escopeta, pero con el cañón y las cachas cortados. Virgilio se paró, todavía con el cortauñas en la mano. Ya me cargó la tristeza, dijo. Sí, así dijo, ni siquiera se acordó de Dios ni de mí, ni dijo Virgen Santa. Sólo dijo ya me cargó la tristeza. Y la pistola estaba aquí en la mesa, debajo del trapo de las tortillas, y él hasta allá, allí junto a la cama, mire - y miré un par de sandalias de hule azul, corroídas por el uso-. Con la pistola por lo menos se hubiera defendido.

-¿Y luego? -pregunté tratando de imitar la voz del policía. Fallé.

-Se oyó un estampído y vi cómo volaba Virgilio y chocaba contra la pared, allí cerca del techo. Voló un chorro de sangre por toda la casa, como si hubiera reventado.

-Lo dejaron muy mal- se conmovió mi acompañante.

-¿Y el agua que se estaba calentando? -indagué.

-Lo dejaron deshecho, señor -dijo ella, y me miró nuevamente a los ojos; entonces no me cupo ninguna duda.

-¿Lo dejaron? ¿Cuántos eran?

-Lo dejó el muchacho de la foto -se quejó bajando la vista-. Si había más, yo no los vi. Me imagino que sí habría más; Virgilio decía que ellos siempre hacen sus cosas en grupo. Pero no hay derecho, señor. Si tenía algo contra él, que viniera y lo matara como los hombres, pero no así. Le disparó desde un metro, Virgilio salió volando y se estrelló allí cerca del techo, pum, chocó, se oyó como si reventara una bomba, y Virgilio también reventó. Se le salió todo, señor. Una semana después todavía olía a muerto, ahora cuando llueve huele a muerto -y entonces comenzó a llorar sin control-. Le sacaron todo, lo destriparon como si fuera pájaro. Y ése fue, yo lo vi, el muchacho de la foto le sacó todo. Haga de cuenta que lo apachurró un tren, así. Pero peor. Estaba reventado. La cara de Virgilio no era bonita, para qué le miento, pero lo dejó como monstruo. Le sacó todo.

La mujer gritaba ahora, con llanto convulsivo, sin taparse la cara. Sus manos estaban ahora sobre la mesa. Eran grandes, sí, y fuertes, pero no tenían callos.

-Quiero ver al jefe ahora -le dije al policía.

-El lunes -respondió-. Ahora no.

-Háblele y dígale que si no me recibe hoy, no hay trato.

-Que conste -respondió. Se levantó y se dirigió al coche.

La mujer parecía haberse calmado un poco. Tomó una de las faldas desteñidas y se secó la cara con ella.

-¿Cuánto le pagaron? -le pregunté.

Ella me miró como si no entendiera, con los ojos irritados y la barbilla temblorosa. De pronto supo.

-No les diga -contestó-. Por favor.

-¿Cuánto? -insistí. Comenzaba a enojarme.

-Quinientos pesos -confesó-. Doscientos ayer y trescientos cuando terminara. Pero no les diga.

Saqué un billete de quinientos y lo puse sobre la mesa. Ello lo miró con desprecio.

-No es por eso -dijo-. De todos modos se pagan.

-¿Entonces?

-Usted sabe lo que se siente -dijo olvidando su aire de pobre mujer. Del delantal sacó un cigarro y lo encendió con un encendedor fino.

-¿Cómo supo que yo iba a venir precisamente hoy?

-No sabía. Tenía que estar preparada -expulsó un largo hilo de humo-. ¿Cómo se dió cuenta?

-Tengo mucho tiempo en este negocio. ¿No ensayó?

-Sí -dijo-. Pero ya ve.

El policía entró en ese momento y no supo qué hacer. De seguro esperaba encontrarme llorando abrazado de la pobre esposa de Virgilio.

-¿Se conocen? -preguntó. Tenía la voz del niño al que agarran en una mentira.

-Somos viejos colegas -le dije.

-No nos conocíamos -aclaró ella.

El policía sacudió la cabeza.

-El jefe no lo va a recibir hoy. Su secretaria me dijo que salió de la ciudad.

-El lunes entonces- me sentía por fin de buen humor y ya sin sombra del dolor de cabeza.

Estreché la mano de la mujer. Era suave como un pañuelo de seda, de buena seda.

-En la escuela me lo ponían como ejemplo -dijo-. Su voz es magnífica. Lástima que sólo se dedique al radioteatro.

-¿Quién fue su maestro? -le pregunté, y mencionó un nombre-. Sí, lo recuerdo. Fuimos compañeros de generación.

-Espero que nos volvamos a ver -su voz tenía un toque de auténtica timidez.

Me gustó. No supe que decirle y salí después de hacerle un gesto indefinido.

-No sé si usted me guste mucho- dijo el policía ya frente a mi casa-. ¿Juega ajedrez?

-No.

El fin de semana me dediqué a estudiar el material y comencé a practicar voces, muchas voces, sin despegar la vista de las fotos. El policía fue a comprarme una de las nuevas grabadoras de cassette. No era tan buena como las de carrete, pero me permitiría hacer un trabajo profesional.

Por fin regresaba al teatro.

Capítulo 7.

El hombre de la poltrona me miró con curiosidad, con una de ésas miradas que antes sólo había visto en el calvo. No respondió.

-¿Es usted paralítico? -insistí.

Paladeó otra gota de cognac y fijó sus ojos de viejo añorante en algún lugar de su infancia. Abrió la boca, a punto de hablar, pero prefirió cerrarla de nuevo y sonreír.

-Hay demasiado misterio sin sentido -dije.

Nuevo sorbo de cognac.

-Ya se lo dije el otro día: las cosas no son tan fáciles como supone, no -y se miró las piernas inmóviles-. No, nada fáciles. La gente, cuando duerme, tiene cara de estupidez, pero eso no quiere decir nada. Usted lo sabe. Usted es un fanático de las novelas de espionaje: Spillane, Fleming, ¿no es cierto? También compra otras de... uh... de inferior calidad, de las que venden en los puestos de revistas.

Dije que sí.

-Usted tiene alma de villano, pero no reconoce a los villanos verdaderos si no es a través de lo que ha leído en esas novelas, no. Fíjese en los malos de James Bond. Todos tienen algún defecto físico, y muy visible, o... alguna característica racial especial, si; muy especial. Una característica desagradable a los ojos del lector que ve con los ojos del autor, ¿ No es cierto ? Todo lo deforme y abyecto del alma del villano se refeja en su cuerpo, se magnifica incluso. Como... uh... como una metáfora burda de la maldad. ¿No es cierto?

-No dije eso.

-No, por supesto que no. Pero no todos los villanos odiamos al mundo porque la naturaleza nos trató mal, no le crea tanto a los argumentistas de radioteatro. Y fíjese qué raro: usted respeta tanto a sus villanos que no los haría quedar mal como los de Fleming o los de Maxwell Grant, no. Me atrevo a decir que hasta es desleal con la emisora: sus personajes sobresalen a veces mucho más que el héroe, y se supone que eso no debe ocurrir. Es usted un actor responsable, sí, responsable con su oficio, y eso me gusta.

En la puerta permanecían la secretaria y mi vigilante, muy juntos pero ignorándose. Parecían no escuchar las divagaciones del jefe; eran estatuas que esperaban instrucciones. El jefe los miró con cariño e hizo un gesto con una mano. Ellos salieron.

-¿Por qué montó el número de la mujer del marido asesinado? -pregunté.

-Lo impresionó mucho, ¿verdad?

-Me ofendió. No me gusta que me engañen.

-No lo tome así, se lo ruego. Queríamos... uh... sí, queríamos que usted viera lo que los publicistas llaman nuestro lado humano -y se pasó la copa de cognac bajo la nariz-. Usted sabe.

El tipo me resultaba asqueante, pero no podía evitar una cierta atracción hacia él, no hablaba claro; parecía burlarse constantemente de mí.

-Siéntese -suplicó señalándome la misma silla de la vez anterior.

Estábamos en la misma casita de juguete, en la misma sala con la misma mesa de reuniones en forma de huevo y sus quince sillas de diseño austero. El policía que me vigilaba había mentido: la secretaria llevaba el pelo del mismo color, no se lo había teñido durante el fin de semana. Afuera había visto a los mismos jóvenes del auto con la radio a todo volumen, el mismo tipo en el teléfono, el vendedor en espera de un taxi, el mismo lustrabotas. El aire de la sala parecía el mismo, totalmente inodoro, y hasta podía jurar que el jefe no se había movido de su poltrona y que paladeaba el mismo charco de líquido ambarino. Nada había cambiado, asolutamente nada, y eso me irritó aún más que las evasivas del jefe.

-Ya sé para qué me necesitan -dije-. Estoy preparado.

-¿*De verdad* lo sabe? -me atajó el muy cerdo.

Su tono me hizo dudar. En realidad yo no sabía absolutamente nada, excepto que había sido contratado por una supuesta sección de la policía para hacer un trabajo del que no me habían dicho aún una palabra. Incluso era sólo una suposición el que se tratara de la policía. Me habían pagado cinco mil dólares, y prometían diez mil más; eso era suficiente para no hacer preguntas estúpidas. Pero me gustaba sentir tierra debajo de los zapatos, y estaba flotando en el aire. Me sentía encerrado en un cuarto muy pequeño, oscuro hasta la esquizofrenia y libre de cualquier ruido, sin clima, sin puertas. Debía saber algo, sólo algo. A esas alturas no me importaba si el hombre de la poltrona era en efecto el jefe de sección especial, un millonario excéntrico o un loco de atar. Yo cobraría, y con placer, pero necesitaba saber de qué se trataba; me desesperaba sólo tejer suposiciones.

-Usted quiere que grabe una confesión falsa -intenté-.

Quiere que use la voz del muchacho moreno para decir que secuestró a Jiménez Fresedo, no sé si por cuestiones políticas o por dinero, o por ambas, pero que confiese; que dé nombres de cómplices, que ustedes de seguro ya conocen. No sé si una grabación como ésta valga en un juicio legal, pero estoy seguro de que ustedes pueden hacer legal cualquier juicio; en todo caso, creo que eso no tiene importancia.

-Bravo -respondió alzando la copa-. Francamente notable, sí.

Suspiré aliviado. No era una respuesta, pero servía por el momento.

-Una pregunta -dije-. ¿Todos los de esta sección hacen cosas de ese tipo?

-Me gustan las preguntas -contestó. Se puso a mirar la pared.

-¿Por qué trató de embaucarme con esa mujer? -me enojé de nuevo-. Soy un profesional, señor.

-Hay cosas sobre las que no vale la pena insistir -dijo-, no. Pero no tengo problema en hablar de ellas, ya que lo... uh... lo afectaron tan hondamente. Tan hondamente, sí. Usted cree que lo queríamos embaucar, y es muy posible; no me gusta decirlo. Pero es muy posible.

Quizá queríamos probarlo. No, no diga nada; disculpe, fue una frase tonta. Quizá sólo queríamos darle una pista para que su... uh... su subconciente le dijera qué tenía que hacer, sí, para que a través de una asociación de ideas usted decidiera dedicarse a hacer lo que hizo durante este fin de semana. Estudiar, eso hizo, y trabajar día y noche. Me han informado cuatro veces diarias acerca de sus actividades. No sólo el muchacho que usted conoce, no; él es un excelente ajedrecista, realmente notable, y como vigilante no se desempeña mal. Pero es un hombre demasiado bueno, se lo aseguro. No es objetivo para informar; se deja llevar por sus atracciones y repulsiones. Más bien pensé que él podía hacerle compañía, facilitarle algunas cosas. Tiene ese don: el de ser una compañía grata y facilitar las cosas, ¿no cree?.

—Me dijo que ha matado a dos personas. No sé si eso sea facilitar las cosas.

—Quizá se lo dijo porque eso quería escuchar usted. Es un joven incapaz de desencantar a nadie.

—Parecía muy convencido.

—No, no. Se lo digo yo: es un muchacho bueno. Dispara bien, sí, yo lo he visto, pero su papel es otro. Hace cinco o seis años fue campeón nacional juvenil de ajedrez.

Mi mundo lógico comenzaba a irse al demonio. O el tipo estaba loco, rematadamente loco, o yo era un verdadero imbécil. Estaba a punto de inclinarme por la segunda opción; todo lo suyo era terriblemente absurdo, pero también se adivinaba terriblemente coherente y organizado. Los esquizofrénicos son coherentes, pero no de ese modo.

—Además —añadió—, recuerde que en este oficio hay que pasar mucho tiempo a solas, sí, como él pasó todas estas noches fuera de su casa. Noches enteras sin hablar con nadie, ni siquiera con uno mismo porque la regla de oro es el silencio; está la piel de por medio. Hace frío a veces, se lo aseguro, y uno tiene que pensar cosas para no congelarse. Igual somos los perros del orden, mi amigo, pero tenemos fantasía, y mucha. Tal vez demasiada.

Se puso de pie de un salto, con agilidad sorprendente; estuve a punto de gritar. Caminó hacia mí esgrimiendo su copa de cognac, ligeramente encorvado. Sus piernas tenían la forma característica de los que practican el karate.

-Como ve, no soy paralítico -prosiguió-. Mi señora madre sí lo era. Un terrible accidente. Terrible. Yo era niño aún y vi todo. Quizá de ella aprendí a permanecer quieto durante horas y horas y horas, durante muchísimas horas. Acuérdese de que el amor también es imitación. Hay un... uh... un inmenso placer en la inmovilidad: el mundo gira a su alrededor, usted permenece. Me gusta. Por eso yo le parecí paralítico; los conozco muy de cerca -sus ojos se volvieron incisivos como hojas de afeitar-, casi diría que en carne propia.

Pasó a mi lado y dejó la copa sobre la mesa, silenciosamente.

-Pero no puede usted estar seguro de que esto que le cuento no sea también una fantansía. No, no. Yo también he pasado solo durante muchas horas frente a una casa, esperando, a veces en vano durante días. Usted no sabe lo que es el frío, mi amigo.

Se sentó sobre la mesa, junto a la copa, que casi estaba vacía. Lo hizo en el perfecto silencio de siempre.

-Y ahora pienso contestar a su pregunta: sí, todos los que están bajo mi mando hacen trabajos del tipo del que usted hará.

-¿Quiénes son ustedes? -era una oportunidad para acercarme a cualquier tipo de verdad; el hombre tenía ganas de hablar.

-No, no. Es más correcto preguntar para qué existimos.

-Entonces dígame para qué existen.

-El mundo está incompleto, mi amigo. O le sobran cosas. No todo está como debe ser. Tiene lo que conocemos y necesitamos, y en ese sentido no puede pedírsele más. Pero hay cosas que deben existir para que los acontecimientos no se retrasen.

-¿Cómo la confesión del muchacho moreno?

-Es un ejemplo, sí. Pero hay más, mucho más. No cosas tan... uh...tan públicas. Usted lee un periódico y halla noticias que no tiene más que creer. Puede ser que no comparta el enfoque o la interpretación del reportero, pero no duda de que el hecho, un hecho cualquiera, se produjera en efecto.

La secretaria entró con un periódico amarillento, doblado en dos. Parecía estar conectada al jefe por algún cable invisible, por telepatía; no había forma de que la llamara, pero ella estaba allí en el momento oportuno.

-Mire -dijo él-. ¿Qué nota de extraño?

-Nada -respondí.

Era una foto en la primera plana del periódico, el presidente recibía un beso y un ramo de flores de una anciana llena de arrugas, durante la inauguración de una escuela en el centro del país, según declaraba un texto al pie. En una nota ligada a la foto se describía el acto y se citaban algunas frases ampulosas del discurso del presidente y, por supuesto, del alcalde del pueblo.

-¿Está seguro de que no hay nada fuera de lugar?

-Se publican veinte fotos como estas todos los años. Hasta he sospechado que la anciana es siempre la misma.

-No lo es. Pero el presidente si debe ser siempre el mismo. Este día, y varios más, él tenía una gripa de lo más molesta y no asistió a ningún acto público, ni a éste. ¿Usted ha visto enfermo al presidente alguna vez?

-No.

-Nosotros nos encargamos de que nunca se enferme, como verá, a menos que convenga que este enfermo por algún motivo que ni usted ni yo podamos comprender. También hemos... uh... encontrado, sí... encontrado documentos que aclaran muchas cosas acerca de la historia del país y que antes no existían, o más bien nadie había tenido la perspicacia de hallar; sobre todo documentos de principios de siglo a la actualidad, que es cuando se desarrolla la revolución. Hacemos cosas menos trascendentes, pero divertidas. Una vez organizamos un cabaret en el centro, para analizar el fenómeno de la corrupción policial. No se imagina la cantidad de proyecciones que se pueden hacer en cosas aparentemente baladíes.

Vi la fecha del periódico; era de tres años atrás. Un trabajo impecable, si es que el tipo no mentía; asquerosamente perfecto.

-¿El acto del que se habla aquí se realizó? -pregunté.

-¿Tiene importancia?

-No -reconocí.

-Y hay más. Lo que le contó aquella mujer acerca del asesinato del policía, Virgilio, es totalmente cierto. Lo mataron tal y como ella se lo dijo. Algo impresionante, créame, pero muy instructivo.

-¿Y lo hizo el muchacho moreno de las fotos, ese Ernesto de Jesús?

-No sé, -reconoció con dolor-. No creo. En todo caso no hubo testigos. También mataron a la mujer. Nos llevó varios días reconstruír los hechos hasta el último detalle; fue uno de nuestros primeros trabajos. Necesitamos de un antropólogo físico, un fisiólogo, un escritor, un psicólogo y un balista. Fue apasionante.

-Demasiado trabajo.

-De ningún modo. No era agente de nuestra sección, no, pero fue un muy buen ensayo. Pasamos a todos nuestros hombres el informe con los resultados. Un material didáctico interesante.

-Pero no capturaron al asesino.

-No era el objetivo -se molestó, y decidí que yo estaba llegando demasiado lejos-. Estábamos simplemente trazando nuestra dinámica de trabajo.

-¿Y mi trabajo?

Sonrió con picardía de anciano.

-Encienda la grabadora -dijo-. Quiero oír las voces que trae preparadas.

-¿Son verdaderos los documentos que me hizo leer? -dije mientras regresaba el cassette.

-¿Quién soy yo para decir que un documento es falso?

-Me gustaría saber.

-Entonces la respuesta es sí.

El hombre se acuclilló ante la grabadora y escuchó con atención cómo corría un minuto de cinta en blanco.

-Quiero aclarar que hago esto por propia voluntad -dijo la grabadora por fin, con una voz firme marcadamente nasal-. Desde que entré en la organización todo ha sido problemas. No creo en ustedes, ni el el sistema de injusticias que defienden. Pero ellos son sólo una partida de aventureros. Amenazaron con matarme si no cumplía sus órdenes, pero eran órdenes absurdas. Tengo conciencia, señor, conciencia humana. No va reñida con la conciencia de clase, al contrario; yo jamás voy a asesinar a sangre fría a alguién que no es un verdadero enemigo del pueblo.

-Quiero aclarar que hago esto por voluntad propia -ratificó una voz ligeramente débil, pero más fluida e igualmente nasal-. Desde que entré en la organización...

Veinte voces fueron confirmando la opinión de la primera, palabra por palabra. La última era la de un tenor evidentemente asustado, pero que sabía lo que decía. El jefe escuchó completa la cinta, sin mover un músculo.

-Notable -dijo por fin-. Verdaderamente impresionante, sí. Pero ¿por qué esa nasalización? Todas las voces son nasales. El acento es perfecto, acento del sureste, y él nació en el sureste. Pero hay algo que no termina de gustarme. La nasalización siempre.

-Tiene la nariz pequeña -dije-. Alguien de nariz pequeña propende a nasalizar. Mire estas fotos: la boca nunca está cerrada del todo. Puede deberse a que no respira bien. Además observe: es un hombre lleno de miedo. El miedo, y esto es intuición mía, hace que uno tienda a retener la voz, a jalarla de nuevo; estuve ensayando y eso se hace con la nariz. Lo del acento es más sencillo. Es del sureste, en efecto.

-Eso que usted dice ¿Lo dice también la fonética? Me encogí de hombros.

-Tengo veinte años de trabajar con voces.

Se sentó ante la grabadora. Parecía pensarlo en serio.

-Usted debe saber si tengo razón -dije-. De seguro conoce la voz del moreno.

-No -contestó desde otra parte-. Por eso lo contraté.

Sí, mi mundo lógico se iba al diablo.

-El muchacho moreno, sí -añadió-. Son las voces de... ¿cómo se llama...? Mendizábal, claro. Ernesto Mendízabal. ¿por qué precisamente él?

-Es el que está vivo -dije-. El trigueño ya declaró, firmó papeles, y donde está ahora difícilmente podrá hacerlo otra vez -y de inmediato me arrepentí de mis palabras. No se habla así de los muertos, no con impunidad.

-Quiero la voz de Juan Pablo Escudero.

-¿El trigueño?

-El otro no va a confesar nada.

-¿Por qué? -me extrañé.

-Porque no nos interesa -esta vez fue francamente brusco.

-¿Y Jiménez Fresedo?

-Usted no sabe nada -se hastió.

Un coche chirrió en la calle y se oyó un choque. El jefe saltó de la silla y en menos de medio segundo tenía en la mano una pistola que apareció de la nada y una expresión que sólo había visto en las gárgolas. La puerta se abrió de golpe y de un salto entraron cuatro hombres con metralletas, apuntándome al pecho. Las piernas se me aflojaron, pero seguí de pie.

-¡Estúpidos! -chilló el jefe sin moverse de su lugar.

Afuera se escucharon tres disparos y gritos imperativos y asustados. Los cuatro hombres se colocaron en barrera, dándonos la espalda y apuntando hacia la puerta. El jefe parecía una rata en medio de un bosque de gatos. Yo parecía lo que realmente era: un imbécil que no sabía qué hacer.

-¡No se mueva! -me amenazó. La pistola se veía firme en su mano, demasiado firme.

Varios gritos, ahora agudos, sonaron en la calle y chirriaron las ruedas de otro automóvil. La secretaria entró, con el cuerpo encogido y los ojos más brillantes que jamás haya visto. Llevaba una inmensa pistola automática.

-Está listo -dijo a través de la barrera formada por los cuatro hombres.

-Dos minutos -dijo el jefe-. Adelántate.

-No -lo apremió-, no hay tiempo.

Y se desató la verdadera balacera, ahora con el tableteo de ametralladoras. Se oyó que se quebraba una inmensa vidriera -los vitrales de la planta alta, de seguro- y miles de picahielos se clavaron en la pared, del lado de la calle. Los gritos se hicieron más apremiantes. Me encontré con el jefe y con la secretaria bajo la mesa; los tres estábamos con la cara pegada al piso. Los guardaespaldas no se habían movido de su lugar, ni siquiera parpadeaban, a pesar de que el ruido era suficiente para derrumbar una pirámide. Y el olor a miedo y a pólvora.

-Te dije -reprochó ella a gritos.

-Se va al carajo -berreó el jefe-. Ahora sí se va al carajo.

Y todo cesó como había comenzado. Ni un grito. Silencio como en un ataúd blindado.

-Esto es -me dijo el jefe a gritos mientras nos levantábamos-. Esto, ni más ni menos. Ningún idiota me va a decir mi trabajo, no, de eso nada. ¿Y sabe por qué es todo, eh?

-Cállate -tembló la mujer.

-¿Sabe por qué? -Sus ojos me miraban como si fuera a cortarme en trozos muy pequeños.

-Cállate -la secretaria puso los dedos sobre la boca del jefe.

-Por el poder. Por un poder estúpido, por eso, por un poder que nunca tendrá -se controló a su pesar-. Poder es esto -dijo tirando el periódico al suelo, ya con la cólera agotada, sin convicción.

-Por favor -susurró ella, a punto de llorar.

-Sabemos demasiado, sí. Pero él no sabe nada -parecía dolido, como el padre de un delator-. Cree que nos va a detener, pero esto ya no lo detiene nadie, ni Dios. Y tú lárgate- le dijo a la secretaria, cuyos ojos se opacaron-.

Y llévatelos.

Ella salió con la inmensa automática colgando sin vida de su mano. Los cuatro hombres de las metralletas la siguieron con pasos de plomo.

El jefe se sentó en su poltrona y se quedó tan inmóvil como la estatua de un héroe patrio. Resopló un par de veces y pareció haberme olvidado. Nuevamente me recordó al calvo; sentí náuseas.

-¿Qué es para usted el poder?

-La venganza -respondí luego de pensarlo-. La consumación de la venganza. La capacidad de provocar dolor. No sé.

Me sentía indefenso. La pistola estaba en su mano, con el índice muy cerca del gatillo, pero eso no me preocupaba demasiado. Me sentía indefenso de otra manera. Como un tigre en una carretera de alta velocidad.

-Váyase a su casa -me dijo cuando por fin recuperó el aire de anciano prematuro-. Quiero la voz del trigueño. Escójala. Decida usted cuál le gusta. Haga lo que quiera, pero tráigame la voz del trigueño. Mi secretaria le va a dar una especie de guión; un guión, sí. Trabájelo. Lo quiero listo dentro de tres días.

Me hicieron salir por una puerta que daba a la cocina de la casa. Tras ella había escaleras que bajaban y bajaban y nunca terminaban de bajar. Daban a un sótano, pero supe que era el de otra casa. Me guiaba un hombre que tendría mi edad, pero muchas más canas. Del sótano salimos al garage de una casa que olía a humedad. Había dos hombres armados con metralletas y un Volkswagen blanco maniáticamente limpio.

-¿Me voy solo? -pregunté. Afuera se veía todo demasiado tranquilo para sentirme seguro. Las ráfagas de metralleta todavía me retumbaban en la cabeza.

-Vaya hacia abajo -dijo el canoso con tono seco-. No se desvíe.

-¿Y el muchacho que venía conmigo?

-Vaya -me consoló-. todo está bien; ésos ya no vuelven. Aquí tiene -dijo tendiéndome un sobre de manila que parecía vacío.

-Tengo que regresar a este lugar, supongo -quería retrasar mi salida lo más posible.

-Mata a ese cabrón -se oyó al fondo del garage.

-Vaya -me compadeció el canoso-. Todo está bien. Me fui.

Ya era de noche. El vecindario estaba silencioso como las orejas de un muerto. Mis tacones sonaban igual que la vidriera que se rompió en la casa de juguete y yo trataba de no temblar. Ese no es mi lugar, repetía obsesivamente; ése es el lugar de otro.

Ni un taxi, ni un alma. Todos debieron esconderse en el baño, a cuatro llaves, o debajo de la cama.

Comencé a correr, y corrí tanto que el aliento me raspó la garganta. Seguí corriendo hasta que comencé a ver luces blancas bailando a mi alrededor como vedettes obscenas. Corrí más y más y cada vez el miedo se hacía más hiriente. Pero la espada era demasiado grande y si caía yo no podría escapar, correr era inútil. No sabía qué espada, no sabía nada sino que era inmensa, de brillos hipnóticos. Muerte y muerte, mucha muerte.

Detrás de mí sonó el motor de un coche a toda velocidad. El filo de la espada. Se acercó a millones de años luz. Se acercó a desesperación. Volaba con brillos. Yo estaba muerto. Madre muerta que estás allá lejos. Un frenazo. El filo de la espada. A Dios.

-No sea pendejo -dijo el policía joven a mi lado, através de la ventanilla de su automovil-. Esto va en serio.

Había perdido su aire de ajedrecista ingenuo. Y yo estaba vivo. Era él, mi amigo de siempre, el que me había acompañado durante los tres últimos días.

-¿En qué terminó? -pregunté con alivio. Su coche destartalado había sido el que corría hacia mí. No iba a matarme. El motor sonaba ahora a cosa normal.

-No ha terminado -apremió-. No suba; tiene que irse solo. Es más seguro.

-Perdón.

Me tendió una tarjeta. De una ojeada reconocí la letra llena de ganchos del jefe, la letra estúpida e inflexible. Me dio gusto encontrarme ante algo familiar.

-Vaya a esta dirección. Y, por lo que más quiera, no se mueva de allí. No hay nadie que pueda cuidarlo mientras acaba todo este relajo.

-¿Qué es todo este relajo?

-No sé -se desesperó, y el coche voló calle abajo y chirrió las llantas al girar en una avenida principal, tres cuadras más allá.

Capítulo 8.

L a mujer me sirvió un poco más de café. Eran casi las tres de la mañana.

-¿Su hija no se despierta? -pregunté por preguntar.

-A veces -respondió-.

-Así pasa.

Vestía una bata color naranja intenso, con una raya vertical muy ancha que le corría desde el hombro hasta la pierna, del lado izquierdo. No tenía un cuerpo delgado, eso lo había observado el viernes anterior en la casucha al oriente de la cuidad; pero tampoco era gorda. No parecía ser la misma mujer afable; más bien irradiaba melancolía.

Cuando llegué pareció esperarme desde hacía mucho rato. Me estrechó la mano con calidez, esbozó una sonrisa y me hizo pasar. No preguntó qué hacía allí; de seguro *ellos* la habían advertido. Me ofreció café y nos sentamos en el comedor, como viejos y aburridos amigos. En un extremo de la sala había una hilera de discos, de casi dos metros de largo, junto a un aparato de sonido más bien minúsculo.

-Dejé mi grabadora en casa del jefe, o su oficina, no sé lo qué sea -dije.

-Tengo una, pero es de carrete pequeño. ¿Le sirve?

-Me sirve -sonreí-. Gracias.

Hablamos de teatro. Desconfiaba de Stanislawski; le parecía demasiado fácil y a la vez rígido para ser efectivo. No creí pertinente discutir; era su casa, y hasta soporté la lista de bondades acerca de la creación colectiva que recitó durante un largo rato y evité contestar sus argumentos acerca de la futilidad de los directores.

-Mi hermana vive aquí a la vuelta -me evadí por fin-, a tres cuadras.

-¿En serio?

-Tiene dos hijos, uno de trece y uno de once.

-Nosotros fuimos ocho hermanos -sonrió-. Una sucursal del infierno. Yo soy la segunda; cinco hombres y tres mujeres.

-Nosotros éramos tres, pero el más chico murió con papá y mamá. Un accidente.

-Usted es el mayor -afirmó.

-El mediano. Mi hermana es la mayor.

Me miró a los ojos como queriéndome. Hacía casi dos meses que no estaba a solas con una mujer, ni siquiera platicando. Me sentía peor que un adolescente.

-¿Se ha casado? -preguntó.

-Sólo en los radioteatros.

-Mi maestro me dijo que usted era esposo de Guadalupe Frejas. Hacían buena pareja, de todos modos.

Se levantó. Hacía mucho que había terminado el álbum de sonatas de Scarlatti. "Una joya", dijo ella.

Antes había sido el concierto para violín de Brahms, tocado por no sé que japonés.

-Esta que sigue es una grabación rara -anunció, enseñándome un portada de color rosa-. Son los cuartetos para piano y cuerdas de Mozart. Toca Georg Szell.

-¿De verdad?

-Sí. Todos los conocen como director, pero es un pianista sensacional. Esto es de hace como veinte años.

Soreí con aire de conocedor. No tenía idea de quién demonios fuese el tal pianista, pero ella se dio por satisfecha. Volvió a sentarse, ahora en una silla más cercana. Olía bien.

-¿Cómo era Guadalupe Frejas? -indagó.

-Hermosa -le dije-. Muy tierna.

-Toda una voz -comentó, y luego de sorber un poco de café; sabía a rayos-. ¿Ella también estudió teatro?

-No. No le hacía falta. Era una excelente actriz.

Sabía que estaba mintiendo, pero no podía hacer menos por Guadalupe. Muchas veces me habían preguntado por ella y siempre respondía lo mismo: hermosa, muy tierna, no le hacía falta, excelente actriz. Sentía un poco de vergüenza ante mi anfitriona; a ella no podía engañarla.

-Pesaba más de ciento veinte kilos -dije para tratar de suavizar la mentira. Pero resultó peor: me sentí traidor.

-¿De verdad?

-Comía toneladas de hamburguesas -sentí asfixiarme-. Era muy tierna. Muy, muy tierna.

-Nunca lo hubiera imaginado con esa voz. Ciento veinte kilos... No, no lo hubiera imaginado.

—Nadie —me envanecí.

—Una voz agradable. Pero era a usted a quien oía.

—¿Ya no?

—Sólo en la escuela. Mi maestro tenía grabadas muchas cintas con sus radioteatros. Lo admiraba.

Mi café estaba enfriándose demasiado y lo tomé de un trago. Si, realmente nocivo. Hacía frío. "Pero usted no sabe lo que es el frío", me había dicho el jefe. En aquel momento tenía razón; después de la balacera comprendí a lo que se refería. El frío es caminar por una calle vacía y muy angosta, sin posibilidad de escapar de los perseguidores.

—Tengo treinta y dos años —dijo la mujer—. Doy clases de emisión de voz y de expresión corporal en la universidad. Estaba en un grupo independiente, pero tuve que retirarme; necesitaba dinero. Tengo quince horas de clase a la semana. Con eso y con lo que pasa el papá de la niña alcanza para ir tirando —sacudió la cabeza—. Ya sé que no me preguntó, pero se me ocurrió que no le molestaría que se lo dijera.

—¿Cómo se llama?

—María —sonrió—. Un alarde de imaginación.

Le recordé mi nombre y golpeó la mesa con alegría. Yo también me reí. Era una mujer cálida; la melancolía era la mitad de su hermosura.

—A las ocho y media me voy a dejar a la niña al jardín —me informó—. Cuando regreso me duermo hasta las once y media, sobre todo ahora que estoy de vacaciones. Mi mamá la cuida cuando voy a clases o cuando, bueno, tengo algún trabajo como el que hice con usted. ¿Me perdona?

—¿Por qué trabaja con la policía?

—No hace daño —se resignó—. Pagan bien.

—Demasiado bien. Conocen el precio.

—Me ofrecieron un sueldo fijo, pero todavía estaba casada y no quería tener mucho compromiso con ellos. No es que tenga ideas claras acerca de eso, pero en la universidad uno sabe cosas. Si mis alumnos se enteran... No sé. No entenderían que esto es un poco diferente, no es lo que se cree. Pero ahora tampoco aceptaría un sueldo fijo.

—Yo nunca había trabajado con ellos. Tampoco pienso seguir.

—Sí -dijo.

Cerró los ojos y comenzó a mover la cabeza a ritmo de lo que supuse ser un allegro que se desgranaba en el aparato.

Cinco minutos después terminó el disco. Me miró como si estuviera borracha. Yo también tenía sueño, pero no me atrevía a decírselo. El sofá de la sala era demasiado pequeño para mí o para ella. No había alfombra.

—Mi hija nunca entra en mi recámara -insinuó-, y usted tiene sueño.

—No quiero molestar -me sonrojé-. Puedo ir a un hotel. Por aquí debe haber alguno.

—Vaya a mi cuarto. Yo lo despierto antes de las nueve.

—¿Y usted?

—Vaya -insistió-. Yo prefiero tomar un baño.

Me sentí sucio cuando se acostó a mi lado, quince o veinte minutos después, con olor a jabón suave.

—Relájate -suspiró-. Es la primera vez.

Desperté a la una de la tarde. Ella estaba detrás de mí, abrazándome y besándome la espalda. Me pareció que desde siempre había estado desnudo, con ella.

—No te levantes -dijo-. La niña está con mi mamá.

-¿Para siempre?

-¿Por qué no?

Nos bañamos juntos después de hacer el amor. Me gustó su cuerpo mullido, de senos maternales. Hasta el anochecer escuchamos más de Mozart y la misa de Bach, tirados en el sofá y siempre a punto de caer al piso. Me confesó que su favorito era Brahms, pero casi nunca lo escuchaba; "me desgarra" -dijo-

Fue el día más agradable desde que mi hermana decidió casarse. Le hablé de ella y de su esposo y del malentendido, de cómo a veces merodeaba su casa por las noches y de la cuenta de ahorros para mis sobrinos. No sabía cómo me las arreglaría luego para hacerles llegar el dinero, pero no importaba; había tiempo.

-¿Por qué no vas a verla? -ronroneó.

-No sé.

Me pasó la lengua sobre los ojos. La humedad, la calidez. Este sí es mi lugar, pensé.

-Hacía dos años que no hacía el amor -susurró-. El último fue un alumno. Muy jovencito, muy aburrido y muy asustado. Y, antes de eso, sólo con el papá de la niña. ¿Te molesta?

-No.

-Nunca me casé. Era mentira.

-¿No?

-No.

Le acaricié un seno. Nos besamos durante siglos.

-Ve con tu hermana. Yo te acompaño.

Recordé la balacera del día anterior, la furia del jefe, el miedo mientras corría por la calle más vacía de mi vida. Apenas conocía a María, en realidad desde hacía unas cuantas horas.

-Hay tiempo -dije.

-No hay tiempo. Mañana se convierten en diez años, ya viste, y diez se convierten en toda la vida. Fíjate: tengo treinta y dos años y sólo he hecho el amor con tres hombres; uno de ellos era casi un bebé. Siempre me dije que mañana, siempre. Ahora no sé ni qué pensar. No sé ni qué digo. Mejor vámonos a cenar.

Caminamos por el vecindario durante más de dos hora. No habíamos comido nada en todo el día, pero preferimos esperar a que dieran las nueve para meternos en algún restaurante.

No había rastro de *ellos*, y al principio sentí miedo. Me había acostumbrado a la sombra del policía ajedrecista; me confortaba la seguridad física que era capaz de darme. El dinero me pesaba en el bolsillo. Cinco mil dólares.

-Ayer hubo una balacera en la casa del jefe -le dije a María luego de un silencio de cinco cuadras. Su mano me acariciaba la cintura.

-No lo conozco -dijo-. Sólo he tratado con su secretaria. Supongo que es su secretaria.

-Yo estaba allí.

Me miró con desconfianza; su mano se puso rígida.

-No ibas armado.

-No.

-No había nada de ninguna balacera en el periódico. Sólo un comunicado con las demandas de los estudiantes; están dispuestos a irse a la huelga, dicen, pero es un movimiento muy inmaduro. El gobierno los va a acabar. También asaltaron un banco.

Nos detuvimos bajo un portal para besarnos. Desde que comencé a trabajar en la emisora no había besado a nadie en la calle; sólo encuentros fortuitos en hoteles escondidos, alguna vez en casa de alguna de ellas, con los hijos dormidos en la recámara de al lado y el marido en un pertinente viaje de negocios. Siempre la vergüenza por el beso.

-Tengo cuarenta y tres años -le advertí. Ella se encogió de hombros. Doblamos la siguiente esquina y nos internamos en un callejón con olor a eucalipto. Jugamos a besarnos bajo cada uno de los árboles.

-¿Te dio miedo? -preguntó cuando salimos a la luz de una avenida.

-Fue como estar en una película de guerra, pero del otro lado de la pantalla. Las balas suenan más fuerte.

-Yo no sé qué hubiera hecho -me admiró recargando la cabeza en mi hombro.

-Allí vive mi hermana -señalé-, en la planta baja. Le tiene pánico a las escaleras. Cuando mis padres y mi hermano murieron vendimos la casa y rentamos un departamento viejísimo en el centro, en un segundo piso. Cuando regresaba de trabajar me gritaba desde la calle para que bajara por ella. Si yo no estaba se sentaba en la entrada a esperarme.

-¿Cómo murieron tus papás?

-Chocaron contra un camión de carga, lo mismo de siempre. Mi hermano tardó tres días en morir.

-Vamos a verla -dijo-. No sientas rencor.

La seguí. Mientras cruzábamos la calle recordé toda mi vida con mi hermana, el tío Pablo que la pretendía y que al final se quedó con el dinero de la herencia. La primera vez que llevó a dormir con ella a un novio que estaba demasiado conciente de alguna culpa estúpida. Ella me enseñó a leer y luego me regaló mis primeros libros -papá decía que era un gasto más inútil que comprar licor; él nunca tomó- y, más tarde aún, me explicó cómo hacer para no dejar embarazada a Rita, la primera.

-Toca -dijo María.

Diez años ya eran demasiado tiempo sin mi hermana. Toqué. Salió una mujer de más de sesenta años, despeinada y con un delantal lleno de grasa. Sus piernas eran como las ramas enfermas de un roble. Olía mal.

-La señora Alicia -ataqué.

Nos vio con ojos de buitre profesional. Se rascó la cabeza con uñas gruesas y de puntas aguzadas.

-Es su hermana -suavizó María-.

-Era la que vivía antes aquí, ¿verdad? No, ya no vive aquí.

-¿Desde hace cuánto? -pregunté. Realmente no me importaba, y sólo entonces me di cuenta.

-Yo ya tengo ocho años. Pero la señora Pilar, la del siete, quizás le pueda informar. Es la dueña del edificio.

-¿Su hermano? -desconfió la señora Pilar-. Sí, me dijo que tenía un hermano.

-Vámonos -le dije a María.

Durante los últimos ocho años yo había hecho el imbécil paseándome como rata frente al edificio y tratando de escuchar voces, siquiera de ver la luz que alumbraba a mi hermana y sus hijos, y de hecho había escuchado y había visto, emocionándome por los gritos de los hijos de cualquier vecina. Demasiado tiempo de hacer el imbécil.

-Espere -dijo la vieja-. Su hermana dejó una carta. Debo tenerla por aquí.

Escarbó en una inmensa cómoda que parecía torneada por un esquizofrénico agresivo. Todo en la habitación hablaba de esquizofrenia.

-¿Ves? -sonrió María-. Te dije que valía la pena intentar.

-Aquí tiene -interrumpió la vieja, tendiéndome un sobre con los bordes casi rotos a fuerza de tiempo. No estaba cerrado. Afuera se leía mi nombre y un número de teléfono. Dentro había una tarjeta con tres palabras: *Perdóname. Te quiero.*

-El sobre estaba abierto, ¿eh? -graznó la vieja-. Aquí lo he guardado ocho años, desde que la señora Alicia se fue. Ella sí era una señora -y miró fijamente a María.

-Gracias -dije. Salimos.

Comimos lasagna en el restaurante que estaba a media cuadra de la casa de María. Insistió en que hablara al teléfono del sobre, pero ése no era el momento. Tenía aún que acostumbrarme a la idea de oír a mi hermana diez años más vieja, a verme en sus ojos diez años más viejo.

Tomamos dos botellas de vino tinto.

Estoy cansado de comer en fondas con manteles de plástico -le dije cuando descansábamos en la cama. Estábamos borrachos.

-Tengo que comprar leche y jamón -dijo-. Se me va a olvidar y la niña regresa pasado mañana. Mi mamá no se puso contenta de que se la llevara.

-Harto. Nunca más -dramaticé-. La vida es un buen filete con papa al horno y buen plato de tallarines. Quiero comprar un televisor, de los más grandes. ¿Has visto los más grandes?

-Sí -dijo.

-Y un radio de onda corta -fantaseé-. Y una máquina de escribir eléctrica, de ésas que hacen muchísimo ruido. Un coche también. Podemos ir a la playa con la niña.

Esperé su respuesta; se había dormido. Su respiración se fue haciendo más pesada y lenta. En la madrugada habló entre sueños, y no logré entender lo que decía. Supongo que el mensaje no era para mí, ni siquiera para alguien en particular.

Capítulo 9.

Durante dos días estuve encerrado en su cuarto, llenando de voces la grabadora. Ella entraba cada tres o cuatro horas con una taza de café, papas fritas de bolsa y algún sandwich, me daba un beso y salía como sombra de fantasma. Voces, muchas voces que no me dejaban dormir, que me hacían gritar sobresaltado de pesadillas un segundo después de poner la cara en la almohada. Y levantarme de nuevo, y encender la luz y ponerme otra vez ante la grabadora, y los carretes girando y girando y girando hipnóticos. La respiración me fallaba y debía esperar media hora o el demonio sabe cuánto hasta que desaparecía del pecho esa opresión que sólo me hacía pensar en la muerte, en Guadalupe Frejas muriendo ante el micrófono abierto mientras anunciaba un jabón de tocador.

María se las arregló para acomodarse en la sala, a pesar de todas mis protestas. Tenía ganas de hacerle el amor, pero no podía, simplemente era incapaz de separame del micrófono más que el tiempo suficiente para ir al baño o, acaso, pararme en la puerta a ver durante unos segundos cómo escribía ella en un cuaderno, en la mesa del comedor, o sacudía sus discos con una franela o, a su vez, me miraba con sonrisa indefinida.

El guión que trabajé era claro y muy preciso. Se trataba de preguntas que me harían los periodistas, a las que yo debía responder con la voz de Juan Pablo Escudero Becerra, el muchacho trigueño, confesando cómo había matado al industrial y político Heraclio Jiménez Fresedo, luego de secuestrarlo con la ayuda de mi amigo de toda la vida, Ernesto de Jesús Mendizábal. Las preguntas, según el guión, serían leídas por los periodistas; mis respuestas, sin embargo, debían ser improvisadas dentro de ciertos lineamientos, para darles mayor credibilidad.

Durante esos dos días no pensé, no quise pensar. Por eso no lograba dormir; entre sueños no podía controlar mis pensamientos y veía la verdad, toda la maldita verdad, y me sentía el más asqueroso de los hombres que jamás hubieran hablado. Alguien debía morir después de mi declaración, eso era seguro. Según los primeros papeles que el jefe me había dado, Juan Pablo Escudero, el trigueño, había grabado una confesión en una rueda de prensa y luego se había suicidado. Sin embargo *yo* estaba ensayando para grabar *su* confesión, lo cual significaba que Escudero no había hablado y, tal vez, jamás volvería a hablar cuando todo terminara. Moriría cuando la grabación estuviera lista, si no es que ya estaba en el reino maldito de los muertos. Y no me importaba que si él era un asesino, que hubiera secuestrado a Jiménez Fresedo y le hubiera metido veinte balas en la cabeza; la muerte del trigueño sería mía, a mi cuenta. El muchacho moreno me era indiferente; su destino no estaba en mis manos. Tampoco el de Jiménez Fresedo. Pero el del trigueño sí. Y eso era precisamente lo que no quería pensar, y eso era lo que me hacía hablar y hablar frente al micrófono de la grabadora e inventar voces para responder a las preguntas del guion, compulsiva e inútilmente. Al segundo día arrojé la grabadora al suelo y los carretes rodaron por todo el cuarto dejando una estela de cinta magnética.

—No soy criminal —le grité a María desde la puerta. Pero María no estaba.

"Fui por la niña a casa de mamá —decía un recado pegado con cinta adhesiva en la entrada—. Hay café en la estufa. Te quiero".

Me quería.

La grabadora no había sufrido daño. Recogí los carretes, enrollé de nuevo la cinta y la hice correr desde el principio. Oí treinta y tres voces posibles para el muchacho trigueño, de las cuales —me dije friamente— sólo servían seis o siete. Coloqué un carrete en blanco y seguí ensayando. La vida vale quince mil dólares, me dije, y no sabía si eso era mucho o poco dinero.

Di un respingo cuando sentí la presencia de María detrás de mí, no sé cuántas horas más tarde. Sonreía con resignación.

—No puedo —le dije—. No voy a matar a nadie.

Caminó despacio hacia mí y me guiñó un ojo.

—Es en serio —insistí—. Voy a devolver el dinero.

Sentí un escalofrío cuando puso las manos sobre mis hombros y comenzó a estrujarlos con suavidad.

—Has comido muy mal —dijo—. Estas muy tenso.

—No estoy tenso —la rechacé—. Tengo miedo.

Se encogió de hombros.

-La niña ya se durmió -dijo-. Se pasó toda la tarde jugando con sus primos. La quieren mucho.

María no quería oír. No le importaba saber. *Evitaba* saber. Su mundo era asquerosamente hipócrita, me dije. Trabajaba para la policía, para una policía que pronto asesinaría a un hombre, si no la había asesinado ya, pero hablaba de su hija con un candor que era capaz de revolver las tripas. Sonreía igual que todos ellos.

-Lee esto -le grité. Ella tomó el guion con indiferencia y comenzó a leerlo. La indiferencia se le congeló a la primera página, y cuando llegó a la última temblaba de frío o de miedo o de lo que carajos fuera, pero temblaba. Tenía los ojos extraviados.

-¿Jiménez Fresedo? -balbució-. ¿Lo mataron?

-Lo secuestraron y lo mataron. Nadie lo sabe todavía.

-Se va armar -gimió.

-¡Una mierda! ¡Van a asesinar al que lo secuestró! ¡Y eso no es problema mío, pero quieren mi voz! ¿Te das cuenta?

¡*Mi* voz!

-Yo no sé nada -sollozó-. De veras, yo no sabía.

-Mira -le dije mostrándole las fotos del trigueño-, estás viendo al hombre que voy a asesinar. Lo voy a matar con mi voz.

-¿Por qué? -suplicó.

-Por quince mil dólares -dije-. Por un buen precio.

-¿Lo vas a hacer de verdad?

-No sé -suspiré-. Quiero saber si es un precio suficiente. No sé.

-¿Eres capaz? -y el miedo de su voz se convirtió en otra cosa.

-No -le dije a mi imagen del espejo.

Hicimos el amor. Violentamente. No había otra forma. Cada movimiento era como serrucharle el vientre a Dios o escupir a una anciana ciega. Gozar. Eso era gozar.

-Hazlo -dijo después, sonriendo.

-Estoy loco -fantaseé-. Como que las cosas pasan y no hago nada para evitarlo. Todo pasa porque tiene que pasar.

-No estás loco -respondió acariciándose las caderas-. ¿Te parece que estoy muy gorda?

-¿Por qué no hablas en serio?

-Hablo en serio -ronroneó mientras estiraba una mano hacia la planilla de fotos tipo presidiario de los muchachos; traté de impedírselo, pero no lo logré-. ¿Estás seguro de que lo van a matar?

-O ya lo mataron.

-O de veras de suicidó.

"El mundo está incompleto, mi amigo", había dicho el hombre de la poltrona. Todo era absurdo. Estúpidamente absurdo e innecesario. Pero eran quince mil dólares.

-¿Qué sabes tú de esto? -le pregunté a María. La campana de alarma de mi cerebro había sonado; su tono, de repente, había sido de burla.

-He pensado -me dijo.

-¿Qué?

-Me van a pagar mil pesos por tenerte en mi casa. Nunca me han pagado tanto por tan poco. Sólo por tenerte aquí.

-¿Qué incluye tenerme aquí?

-Comida -me besó-. Lo demás fue cortesía de la casa.

Me levanté de un salto. La hubiera golpeado, pero su desnudez me desarmó. No puede pegársele a alguien con quien se acaba de hacer el amor.

-¿Sólo comida? -gruñí, tratanto de evitar una carcajada. Todo era ridículo. Un juego imbécil, una ruleta rusa.

-Y silencio. Pero no me gusta verte angustiado.

-¿Qué tipo de silencio?

-No conozco al trigueño, pero sí al moreno. El que te dije que mató al tal Virgilio, ¿Te acuerdas?

-Entonces tienes que ver con la guerrilla -acusé-. ¿Tú los infiltraste?

-No seas tonto. Ese no es guerrillero. El trigueño no sé, no creo, pero éste no es guerrillero ni nada.

-¿Entonces?

-Ven -dijo tendiéndome los brazos-. Aquí no va a morirse nadie. Lo que quieren es preparar un teatro para que la policía no quede mal. No supieron quién secuestró y mató a Jiménez Fresedo y están fabricando a dos secuestradores. Sólo van a usar las fotos; ni siquiera los van a agarrar; son gente nuestra. De verdad, ven.

Me senté en la cama. Una de sus manos me acarició una pierna. Comenzaba a entender, pero no sabía si la nueva hipótesis me gustaba más que la anterior.

-¿Son actores de los que trabajan con el jefe?

-Ven -repitió-. Acuérdate de que tenía bastante tiempo sin hacer el amor.

-¿Son actores?

-No sé si el trigueño sea.

-¿Y las fotos de cuando eran niños?

Me abrazó, atrayéndome más cerca de ella, mucho más cerca.

-Los actores también tienen amigos de toda la vida. El trigueño por ejemplo -dijo tratando de besarme. La piel se me erizó. No existe; el trigueño no existe.

Por lo menos para fines... Para fines prácticos, no existe. Es una cara como cualquiera, y así la van a usar.

-¿Y Jiménez Fresedo? -un ataque de angustia estuvo a punto de ahogarme; ahora entendía todo con claridad. Muchas mentiras, muchas pistas falsas, actores y amigos de infancia, teatro, todo un maldito teatro. Pero Jiménez Fresedo era real, seguía siendo el centro de todo el asunto, él no era ninguna ficción, sino el único que no podía ser falsificado, ni él ni su muerte.

-Jiménez Fresedo -repitió María refregándose contra mí. Jiménez Fresedo. ¿Te gusto mucho?

-Mucho -respondí.

Quizá el secuestro y el asesinato también eran teatro, farsa pura. Pero después de hacer el amor supe que era imposible; algo debía tener coherencia en todo ese asunto, y sólo el secuestro y asesinato de Jiménez Fresedo la tenía. Era lo único que podía y debía ser real, y lo que eso significaba era aterrador.

-¿Por qué esa cara? -preguntó María.

-La gente se muere -le dije-, y uno no puede hacer nada. Yo quería a Guadalupe. Y luego viene Jiménez Fresedo, que no me debe nada. No lo conozco, nunca he visto una foto suya, pero tampoco puedo hacer nada por él.

-Así pasa -bostezó, y me acarició la cara; tenía los ojos cerrados-. Hay cosas que sí están escritas.

-No. Pero igual no puedo evitarlas.

-Así pasa -y tardó un siglo en terminar de bostezar.

-El dinero sí hace la felicidad -confesé.

Abrió los ojos e hizo un gesto que no entendí. Luego me dio un beso en la mejilla.

-La niña se despierta temprano -dijo-. Buenas noches.

Capítulo 10.

El reloj del buró marcaba poco más de las cinco de la mañana; María dormía con la boca abierta y respiraba como muriéndose. El timbre sonó otra vez, eléctrico, pero ahora durante mucho tiempo. Me puse el pantalón y la camisa como mejor pude y salí a la puerta. En el cuarto de enfrente había luz; la hija de María me miró de arriba a abajo, más o menos seria, pero sin reprocharme nada.

-Buenos días -dijo-. Esta sonando el timbre.

-Es para mí -contesté tratando de sonreír; sentía los ojos hinchados. Me pregunté cómo sería mi aspecto para una niña de su edad.

-Después le dice a mi mamá que estoy despierta -y se miró ella misma de arriba a abajo; su pijama parecía recién planchada.

Entró de nuevo al cuarto, con pasos de niña pequeña. Cerró, y bajo la puerta se apagó la luz. El timbre gritó aún más fuertemente y el corazón me latió un par de veces en la garganta. Eran *ellos*.

-Espero que esté listo -dijo el jefe-. Quiero mandar esto antes de las nueve. Mañana tiene que salir al aire.

-Buenos días -respondí.

-Buenos días, claro -condescendió, entrando. Tras él también entraron tres hombres que acarreaban un equipo completo de grabación, que en pocos segundos quedó instalado en un rincón de la sala. No vi al policía ajedrecista.

-¿Lo trataron bien durante estos días? -preguntó el jefe.

-Sí.

-Me alegro. Sí, sí, me alegro bastante. Un hombre con todas las... uh... comodidades hace mejor su trabajo, sí. María es una buena muchacha, se lo aseguro. No la conozco personalmente, por desgracia, pero tengo excelentes referencias de ella, como actriz y como anfitriona. Sí, sí.

Volteé con odio hacia la recámara; María estaba asomada a la puerta, con los hombros desnudos. Parecía a punto de llorar. Como una puta triste, me dije. Sacudí la cabeza. No, ése no era problema mío.

-¿Y los periodistas? -pregunté.

-Allí vienen, precisamente -se alegró el jefe, señalando hacia la calle. Seis o siete hombres estaban bajando de una camioneta volkswagen; alcancé a ver a un pelirrojo que sonreía como si fuera de día de campo.

-El cuarto poder -susurré.

Tiene usted sentido del humor, sí -se rio el jefe-. ¿Está listo?

-No -dije-. Quiero darme un baño. Le paso las grabaciones; decida usted cual voz es la mejor. Hay tres que me parecen bien.

110

El jefe simplemente me ignoró y, con una mano extendida, se dirigió a la puerta, por donde empezaban a entrar los periodistas. La secretaria de los ojos brillantes venía entre ellos y me hizo un gesto de saludo; parecía que realmente le daba gusto verme. Me metí en el baño.

El agua hirviente me golpeó el pecho y la cara. Pensé en un infierno individual. Era demasiado caliente para mí. Me volteé. Muchas agujas calientes se me resbalaron espalda abajo, de seguro dejando surcos rojos, muy rojos, que después -fantaseé - me arderían durante un par de días.

No me sentía mal. Simplemente no me sentía. Era como si las cosas -el jefe, los periodistas, el agua, María- me llegaran a través de una caja de ecos, como si yo mismo me llegara a través de una caja de ecos. Podía pellizcarme y estar seguro de que otro, en alguna parte, sentiría el dolor. Había dormido mal, sin duda, aunque profundamente.

Mucho jabón, mucho shampoo, frotes que le dolerían a otro. Al *otro*, a ese alguien que debía morir. No al trigueño; ése ya no importaba. Era una foto casual, o varias fotos casuales, al lado de su amigo de infancia. Era otro el que debía morir.

Salí del baño perseguido por una columna de humo. Desde la sala, siete periodistas me sonrieron al unísono, igual que buitres sonriéndole a su carroña. Una buena forma de comenzar el día.

María me llamó desde la recámara y estuve a punto de ignorarla. Una excelente anfitriona, había dicho el jefe. Sí, de eso no cabía duda. Le habían pagado mil pesos, una fortuna, para ser anfitriona por tres días. Trabajo calificado.

-Te quiero -sollozó, desnuda y llena de olores gratos-. Trata de terminar rápido. Por favor.

-Son quince mil dólares -la reté-. Eso me van a pagar.

-No importa -dijo-. Me refiero a ti. Te quiero a ti.

-Es mi salario de más de diez años -me regodeé-. Y dentro de diez años talvez esté muerto. ¿Y tú?

-Por favor.

Me besó como no lo había hecho en los tres días anteriores. Lloraba, y el calor de las lágrimas me llenaba la cara de un vaho de sensualidad. Su senos eran suaves, deliciosamente suaves. Como los de una puta triste, me repetí. Yo jamás sería una puta triste.

-Ve -dijo mirándome con demasiado amor-. Te espero.

Y fui.

La conferencia de prensa duró poco tiempo; no era mucho lo que había que decir. Pero había decidido que todo se haría a mi manera. Todos actuaríamos, todos estaríamos en el escenario, bajo mis reglas.

Me senté en una silla del comedor. Los periodistas, en semicírculo, parecían a punto de lanzarse sobre mis despojos. Uno de ellos era reportero de la emisora; fingió no reconocerme, lo que me pareció muy correcto. Así debían ser las cosas, todas las cosas. La ley del silencio.

-Recuerden -dijo el jefe alzando los brazos-; deben identificarse, citar el medio al cual representan y referirse al señor como Juan Pablo Escudero Becerra. Ya están al tanto de la situación; les suplico... uh... no, ustedes son profesionales. Sé que todo saldrá perfectamente, por el bien de todos, sí.

Mierda, me dije. Todo mierda.

-Señor Escudero Becerra -dijo uno de lentes grue-
sos después de identificarse y dar el nombre de su
periódico-, nos convocaron porque la policía afirma
que usted es el autor material del secuestro del señor
Heraclio Jiménez Fresedo.

-Sí, es cierto -dije con la voz del muchacho trigueño de las fotos, una voz que jamás había escuchado,
pero que ahora era la suya-. Yo participé en el operativo. No en la planeación; eso no fue asunto de mi
competencia.

-¿Usted mismo se entregó? -preguntó con tono de
reproche; mi última frase no estaba prevista.

-No -respondí-. Me capturaron ayer por la mañana, en una licorería. Iba a comprar cigarros y me capturaron dos hombres. Había dos más en un automóvil.
Pero no, yo no me entregué. A mí me capturaron.

-¡Eso no es cierto! -saltó el pelirrojo que había visto
antes, después de leer atentamente el libreto. El jefe se
alarmó.

-¿Por qué no es cierto? -contraataqué.

El pelirrojo miró a su alrededor, confundido; sus
compañeros lo miraban con reproche. El, para ganar
tiempo, dijo su nombre y el de una emisora de radio;
dos veces.

-La policía nos informó otra cosa -vaciló-. Tenemos en nuestro poder una declaración firmada por
usted, junto con el informe de su captura.

-¿Van a publicar todo lo que se diga? -improvisé.
El jefe respiró aliviado. Se puso de pie y caminó hacia
la puerta de entrada, recargándose en ella. Comenzaba
a divertirme.

-Puede publicarse o no -dijo el de los lentes grue-
sos, mirando con dureza al pelirrojo, que no supo qué

hacer con su corbata-. Todo depende de lo que digan nuestros jefes de información.

-Fui capturado en casa de mi hermana -dije-. Pero quiero aclarar que ella no tiene nada que ver con esto, con mis actividades. Yo le pedí que me dejara dormir en su casa. Ella creía que yo vivía fuera de la ciudad.

-Juan Diaz -saltó el pelirrojo, dando nuevamente el nombre de su emisora-. Señor Escudero, ¿usted personalmente mató al señor Jiménez Fresedo?

Dentro de mí, el muchacho trigueño guardó un silencio muy largo. Y a mí, en lo personal, comenzaba a irritarme todo. No quería estar allí. No me remordía la conciencia; simplemente no quería estar allí. Pero el trigueño se me había instalado en el cuerpo, con su voz y sus gestos, y nada dependía de mí.

-¿Usted fue? -insistió el pelirrojo.

-Sí -dije-. Yo fuí.

-¿Cómo? -preguntó el de mi propia emisora.

-Ustedes saben -me evadí-. La policía tiene una declaración mía, como ya dijo el señor... el señor...

-Juan Díaz -se enorgulleció el pelirrojo.

-Sí, usted. Esta firmada.

Un hombre muy pequeño, de bigotito y mirada acuosa, se identificó y me miró como si él representara a Dios en un juicio terrenal.

-Dijo que respondería claramente a todas las preguntas -atacó.

-Y eso estoy haciendo-se irritó el trigueño dentro de mí-.

Pero hay detalles que me molestan. No quiero hablar de ellos.

-Esos no son detalles -gritó el mismo-. El señor Jiménez Fresedo recibió un disparo en la base del crá-

114

neo con una pistola de calibre cuarenta y cinco. El "detalle", como usted lo llama, es que su cara quedó destrozada, señor Escudero, y que a eso se le llama asesinato con todas las agravantes de la ley.

-Usted ya contestó a su propia pregunta -ironicé-. Es más, si sus compañeros tienen otras preguntas, usted podría responderles, aprovechando que tiene la palabra.

Se oyeron varias risitas. Nuevamente estábamos fuera del libreto.

-Por el orden -gritó el de la mirada acuosa, tomándoselo en serio-. Yo no vine aquí para que se burlaran de mí, sino para oír la confesión del señor, si es que puede llamársele señor. Si la policía no tiene control sobre las palabras y las actitudes de este asesino, yo me retiro en el acto, e insto a los compañeros de los otros medios a que hagan lo mismo.

Volteó a ver al jefe, francamente indignado y, en efecto, a punto de retirarse. El jefe movió la cabeza con lástima, con los brazos cruzados. Los ánimos del periodista se aplacaron de golpe.

-Disculpen -se retractó-. Me exalté. Prosigan, por favor.

Estaba extrañando a Guadalupe Frejas a mi lado, con su sudor a chorros y su voz de gorrión. Diecinueve años juntos, casi veinte y jamás supe más que su nombre, su gusto excesivo por las hamburguesas y sus opiniones más ligeras sobre cualquier cosas. Los primeros dos días con María me hicieron dudar de mi amor por Guadalupe. Ahora la extrañaba aún más. Además era la primera vez que trabajaba sin ella en demasiado tiempo, y por eso tal vez quería estar en otra parte, lejos de los ojos de los buitres; me faltaba Guadalupe para ser el villano patético que, sin embargo, estaba representando. De cualquier modo era mejor así. Con Guadalupe a mi lado me hubiera vencido la vergüenza, aunque los ojos le hubieran brillado de codicia al saber que el precio eran quince mil dólares. Hubiese dicho algo así como "siempre se tiene que morir alguno" y, a pesar del espaldarazo, yo no hubiera tenido más que irme al demonio en ese momento, sabiendo que el muerto entonces hubiera sido yo. Porque alguien, en efecto, tenía que morir. Pero yo no sería el asesino, ni Juan Pablo Escudero, ni el muchacho moreno. Talvez ni el jefe de la "sección especial", ni el policía ajedrecista ni ninguno de sus compañeros. Ellos sólo simulaban el mundo; los que *lo hacían* eran otros. "Cuando los grandes ordenan, uno sólo obedece", hubiera dicho Guadalupe para incitarme a seguir. Eso mismo me dije desde la noche anterior, y por eso estaba allí, sintiéndome un imbécil, prestándole mi cuerpo y mis cuerdas vocales a un supuesto guerrillero, supuesto asesino de Jiménez Fresedo.

-Están preguntando muchas tonterías -oí decir a mi boca-.

Déjenme hablar y, por favor, no me interrumpan.

Los periodistas se vieron entre sí, sin saber qué hacer. Dentro de mi cuerpo, en algún lugar de mis intestinos, sonreí. El trigueño lo estaba haciendo bien. Todos voltearon al jefe; éste hizo un gesto divertido.

-Querían pedir cinco millones de pesos de rescate por el señor Jiménez Fresedo -dije-. Yo me opuse. Era una operación con fines políticos, y pedir dinero era desvirtuarla y permitir que ustedes, los de la prensa, hablaran estupideces y se rasgaran las vestiduras. No. Era tonto pedir dinero. Lo importante era la libertad de

116

los compañeros presos y la publicación del comunicado.

-¿Quiénes eran esos compañeros y cúal era el
comunicado? -preguntó un hombre muy delgado, que
no se identificó.

-Ellos tienen la lista -dije-. Son tres. También tienen
el documento, que debía publicarse en los periódicos.

-Después se los proporcionaremos -intervino el
jefe. Todos improvisábamos ahora.

-¿Lo han torturado para que confiese? -trinó el
pelirrojo.

El jefe se tapó la boca para evitar una carcajada. El
pelirrojo seguía el libreto, pero ésa era la última pregunta que debían hacerme.

-No -dije- con resignación--. Me golpearon un
poco cuando me agarraron. Más bien me dieron una
golpiza.

El jefe puso una de sus sonrisas de gárgolas.

-Nunca me ha gustado que empujen a una mujer
-añadí-, y menos si es mi hermana. Si querían algo
conmigo, ni modo, al que le toca le toca. Pero mi
hermana y su esposo no tenían nada que ver con esto.
No era necesario que la capturaran, y menos que la
trataran así. Ni a su esposo. Después no me torturaron.
Gritos si hubo, y muchos, y amenazas. No amenazas
graves; sólo que iban a sacarme los ojos, cosas así. Pero
de nada hubieran servido si yo no hubiera querido
hablar. No, pueden decir que no me torturaron. Pero
siguen interrumpiéndome con tonterías. Lo que les
decía es que otros planearon el secuestro, y yo era uno
de los que debían ejecutarlo. Lo discutimos, pero mis
compañeros insistían en lo del rescate. Estaba en contra, pero me discipliné.

-¿Usted es marxista-leninista? -interrumpió el pelirrojo. Ese tipo era una plaga.

-Ese es problema mío -dije-. Quieren que hable de un secuestro y de un ajusticiamiento, y eso estoy haciendo. Mis ideas son otra cosa, no pretendo hacer propaganda de ellas para que ustedes las distorsionen. Mis ideas no las juzgan ustedes.

El pelirrojo perdió el aire y miró al jefe, talvez buscando una palmadita en la cabeza. Este sencillamente lo ignoró y me miró a los ojos. El muy puerco se divertía.

-Un mes -continué-. Planeamos el operativo durante un mes. Había cuatro equipos checando rutas; yo estaba en el puesto número tres. Ellos tienen el plano; me imagino que lo van a repartir. El miércoles de la semana pasada decidimos actuar, y el jueves llevamos a cabo la operación. El jueves era el único día que Jiménez Fresedo no cambiaba de rutina: salía a las nueve de su casa, iba al sauna y después a desayunar con uno de sus socios.

-¿Cuántos eran? -dijo el de los ojos acuosos.

-Siete, ocho conmigo. No me pregunte nombres, no se los voy a dar. Ellos me jugaron mal, por sus desviaciones militaristas, pero no lo hicieron de mala fe. No creo que actúen de mala fe.

-¿Cuál fue exactamente su papel en el secuestro? -preguntó el de mi emisora.

El trigueño hizo que mi cuerpo se moviera con incomodidad sobre la silla. Estuvo a punto de levantarse e irse, dejándome allí como un idiota, sin saber qué contestar. Pensé en María y en los brazos de María. Volteé hacia las recámaras; nadie. Tuve vergüenza; la hija de María talvez estuviera escuchando todo. Algún día entendería de qué se trataba. Algún día.

-Matar al chofer y capturar a Jiménez Fresedo -contenté al fin.

-Hable más lentamente, por favor.

-Todo fue un error -sollozó el trigueño; me sentí mal-. Jiménez Fresedo era un opositor al gobierno. ¿Por qué secuestrarlo a él para presionar precisamente al gobierno? Yo creo que había algo más, mis compañeros sabían eso desde el principio y lo hicieron bastante a propósito. Sabían que no conseguirían liberar a los compañeros ni publicar el comunicado; el dinero sí podían conseguirlo; la familia de Jiménez aceptaría pagar. Entonces no sé por qué matarlo -dudé un minuto-. Sí, sí lo sé. Cuando lo secuestraron lo hicieron sabiendo que no lo iban a dejar ir vivo. Querían matarlo. Siempre lo supieron: iban a matarlo.

-Está divagando -me dijo el jefe, incómodo.

-No, ése es el centro de la cuestión -el jefe entendió y se sonrió; había un agujero muy grande en todo el invento y yo estaba llenándolo-. Jiménez era un oligarca, un representante de la derecha, pero había gente que lo seguía. No mucha, eso es cierto, pero sí existía. Por eso decidieron matarlo, para evitar que el pueblo se desviara de la lucha. Yo no sé a estas alturas qué diablos sea el pueblo -y estuve a punto de llorar.

-Hablaba usted de su papel en el secuestro -dijo el de mi emisora con tono profesional.

-Tenía que matar al chofer y capturar a Jiménez Fresedo-repetí-. Jiménez se sentaba siempre en el lado izquierdo del asiento trasero, detrás del chofer. A su derecha iba el otro guardaespaldas, pero de ése se encargaría Ernesto cuando el coche con los otros compañeros se atravesara en la calle.

-¿Quién es Ernesto? -atacó el pelirrojo, oportuno por primera vez.

-Yo no dije nada -me indigné.

-Está grabado -intervino uno que no había hablado-. Podemos regresar la cinta para que oiga que dijo "Ernesto". Claramente dijo "Ernesto".

-Ernesto de Jesús Mendizabal. Pero no es necesario que armen tanto ruido. Antes que a ustedes, se lo dije a la policía. Está firmado en mi declaración. No tenía que habérselo dicho, pero ya está. El mató al guardaespaldas. Yo maté al chofer. Ni siquiera pudieron reaccionar cuando el coche se atravesó en la calle. Ya no quiero hablar, señor -le dije al jefe, y por primera vez decía la verdad.

-¿Mató a Jiménez Fresedo? -apremió el pelirrojo. Había querido llevar el interrogatorio por donde a mí se me diera la gana, pero volvíamos. Había perdido.

-Sí -dije-. Dos noches después lo ajusticié. Lo echamos a suertes. Me tocó a mí.

-Pero todavía no empezaban las negociaciones con la familia ni con el gobierno -dijo el único que había permanecido callado.

Su voz me gustó.

-No, pero así se decidió. Por eso dije antes que todo era una farsa. No querían que el pueblo se desviara, que siguiera a Jiménez Fresedo, o vaya a saber qué diablos. Por eso tenía que morir.

-Usted dice que no estuvo de acuerdo -dijo el mismo.

-No estuve de acuerdo.

-¿Y Ernesto Mendizábal, el hombre que acaba de mencionar?

-No sé.

-¿Lo está protegiendo?

-No. No sé. El voto fue secreto, papel blanco o papel negro. Hubo dos en contra.

-¿Cuántos eras ustedes?

-No voy a contestar eso.

-Dijo que eran siete y él -saltó el pelirrojo.

-Esos participaron en el operativo -dijo el de los ojos acuosos.

-¿Cuántos eran en total? -insistió el de la voz agradable.

-Pocos -respondí-. Más de ocho, pero pocos. No voy a decir más.

El de mi emisora me miró con desprecio. Ambos éramos despreciables, y ambos lo sabíamos.

-¿Por qué aceptó confesar? -preguntó.

-Quiero seguir vivo -me encogí de hombros-. Ellos me condenaron a muerte.

-¿Por qué?

-Son muy rudos -sonreí. Todos permanecieron serios.

-¿Por qué? -apremió el pelirrojo.

-Usted no entiende nada -le dije-. Ni nadie. Estaba en contra de la muerte de Jiménez, pero lo maté. Después hablé más de la cuenta y tuvieron miedo de que los traicionara. Tuve que escapar. Así son estas cosas. Es disciplina militar.

-Entonces ¿por qué no dice los nombres de todos?

-No soy traidor, sólo bocón. El nombre de Ernesto se me escapó en el interrogatorio, pero estoy seguro de que él entenderá.

-¿Cómo hicieron para condenarlo a muerte? ¿Hubo juicio? -babeó el pelirrojo.

-Eso a usted no le importa. Eso es problema entre ellos y yo. Estoy confesando mi parte, y ojalá que Ernesto me perdone por confesar la suya. Estoy confesando porque quiero que me metan en la cárcel. Allí voy a estar vivo. Yo maté a Jiménez Fresedo y a su chofer. No voy a permitir que ustedes hablen más estupideces de las que por sí van a hablar. No tengo nada más que decir.

La hija de María salió de su recámara. Era blanca, muy blanca, de ojos penetrantes. Algún día entendería todo.

-Buenos días -dijo, y todos contestaron maquinalmente-. Buenos días otra vez, señor -me dijo sonriendo. Bajé la cabeza y oí cómo se cerraba la puerta del baño.

-Apaguen eso -dijo el jefe-. Borren lo último.

Vi pies, muchos pies, con zapatos nuevos y sucios y gastados y negros y quietos y remendados. Zapatos, sólo zapatos. Oí a los tres de las grabadoras recorriendo los carretes y borrando la voz de la niña y del jefe. Alcé la cara: María estaba en la puerta de la recámara, ya vestida, con cara de pedir disculpas por su existencia. El jefe se le acercó y le estrechó la mano, diciéndole del placer que era conocerla personalmente. Ella quiso que la tierra se la tragara.

-Voy con la niña -articuló por fin, entrando también en el baño.

-Bien, señores -dijo el jefe-, está listo. En el momento oportuno, espero que después del mediodía, les haré llegar las copias de las cintas y las transcripciones. Mi secretaria les dará en un momento... uh... la otra parte del material, sí. La parte más importante del material.

Todos se rieron como de una buena broma y fueron saliendo, no sin estrechar la mano del jefe. En la puerta la secretaria los esperaba con un fajo de sobres siniestramente blancos.

El pelirrojo se me acercó antes de irse.

-Usted es muy real -me dijo.

-Usted también -contesté. Otra vez los ojos se me llenaron de zapatos que se alejaban y desaparecían. Los policías desmontaron el equipo con rapidez y sus pies también se fueron. Los dos pies del jefe, pies muy individuales, estaban parados firmemente en medio de la sala. Eran unos pies sin miedo. Se acercaron hasta quedar muy cerca de los míos.

-Como las putas -le dije-. Deje el dinero en la mesita.

Cuando habló el aire se llenó de un vaho de cognac.

-Gracias -dijo con cariño de anciano-. Créame.

-Le creo -murmuré.

Estábamos solos en la sala cuando alcé la vista; habíamos permanecido en silencio un buen rato. Algo nos unía, algo muy íntimo; me miraba como alguna vez debió mirarme mi madre. No sabía qué hacer con el sobre que volaba sin ruido de una a otra de sus manos.

-En serio -suplicó-. Esto fue más que un favor, sí. Usted no sabe lo que ha hecho por mí.

-Sí sé -le dije, y el encanto se rompió. La sala pareció llenarse de frío y su cara fue nuevamente la de una gárgola.

-¿Realmente lo sabe? -la misma pregunta de días atrás, en el mismo tono irónico.

María salió del baño en ese momento, seguida de la niña, ya vestida y peinada. Era una niña hermosa. Nos miró sin curiosidad y entró en su cuarto. María la siguió, con la cabeza baja.

-Sí -contesté-. Realmente lo sé.

El jefe me tendió el sobre. El frío persistía.

-Tómelo, se lo suplico. Hay una... uh... pequeña adición, sí. Cuéntelo, si desea.

Había doce billetes de mil dólares. Los muy cerdos sabían el precio. Al diablo la maldita conciencia; era un total de diecisiete mil dólares.

-¿Le interesa seguir con nosotros? Obviamente no cobrará tanto, no, esto fue un trabajo muy... uh... muy especial. Pero el salario es bueno y el trabajo no es fatigoso.

-No. Quiero seguir vivo.

-Todo está solucionado -me alentó-. Lo del otro día, la balacera, fue sólo un error, sí. Todo está bien.

-Por ahora.

-No sólo por ahora -reflexionó unos segundos-. No, no, si usted teme por su seguridad personal, por favor crea que somos incapaces. Sabemos quién es usted, señor, y agradecemos a quien nos ayuda.

Parecía cierto. Un borracho no miente, y él lo estaba. Asquerosamente borracho.

-Ustedes secuestraron a Jiménez Fresedo -exploté. Fue una explosión débil, pero explosión al fin.

No pareció sorprenderse. Soltó una carcajada llena de ruido y palmoteó como niño pequeño.

-Es usted brillante, sí -se secó una lágrima-. Sorprendente, diría. Me gusta.

-¿Lo van a matar?

-No sea suspicaz, se lo ruego.

-Usted me dijo ese día que el mundo está incompleto, o que le sobran cosas.

-¿Eso dije yo? -parecía realmente sorprendido; pero sólo se divertía-. Digo muchas cosas, sí. A veces me reprochan que digo muchas cosas.

-¿Es necesario que maten a Jiménez? ¿Era necesario que lo secuestraran?

El frío en el ambiente se hizo insoportable. La cara del jefe era ahora la misma de anciano prematuro y amable que le vi el primer día, pero los ojos estaban repletos de odio, de muchísimo odio.

-Hay gente que quiere pasarse de lista, mi amigo -amenazó-. Jiménez casi lo logró. No le diré en qué sentido; hay cosas que no tienen que ver con lo que usted necesita saber para vivir. ¿O sí?

-La balacera del otro día -temblé. ¿Tuvo que ver con este asunto?

-¿Realmente quiere saberlo?

Una de sus manos se contrajo en una convulsión. Era una mano pequeña, como de mujer, sin un solo vello. Luego se relajó, pero entonces me pareció aún más amenazante. Lo ví a la cara; me miraba con curiosidad, sin odio ya. Sólo con la curiosidad con la que se ve a una mariposa clavada por un alfiler.

-No -contesté.

-Perfecto -dijo con reverencia-. Si cambia de opinión avísele a su jefe. El y yo estamos en contacto muy estrecho.

-¿El calvo? -indagué.

-Es mi hermano -dijo-. Creí que lo notaría.

Y se fue para siempre.

María apareció detrás de su hija, que traía una lonchera y una cantimplora de plástico amarillo. Una niña muy segura de sí misma; quizá siguiera siéndolo cuando creciera. De seguro lo sería.

-Me llamo Elisa -dijo-. ¿Y usted?

Se lo dije mientras miraba a María; sus ojos huyeron hacia el suelo y los hombros parecieron estrecharse. Tenía miedo. Miedo y vergüenza.

-El domingo voy a ir a comer al campo con mi papá -dijo Elisa-. ¿Conoce a mi papá?

—No —admití. María jaló a la niña hacia la puerta, sin mirarme a los ojos.

—Espérame —dijo—. Voy a cinco cuadras y regreso.

Las vi alejarse desde la puerta. María caminaba encorvada, como escondiéndose del mundo. Volvería, y pronto; pero ahora estaba huyendo.

Fui a la recámara por el resto de mi ropa; en el reloj eran casi las ocho. Volteé y me vi en el espejo: yo era el mismo de siempre. Estaba despeinado y tenía ojeras, pero era el mismo.

Ya en la calle, pensé en un espejo a la medida de Guadalupe Frejas, un espejo inmenso y sólo para ella, un espejo tan grande como su tumba.

Un buen espejo.